Kampf gegen König Topas

© 2023 Florian Strobel

Herstellung und Verlag: BoD – Books on Demand, Norderstedt

ISBN: 9783755708759

Kampf gegen König Topas

Prolog

Tanja, Flo, Silvi und Daniel kommen von ihrem Kampfturnier aus der Groschenstadt zurück nach Hause. Daniel und Silvi haben zu ihrer großen Freude in ihren Klassen jeweils den ersten Platz geholt, während Tanja und Flo mit den Plätzen drei und vier nicht so ganz zufrieden sind.
Als die Turniergruppe fast bei ihrer Wohngemeinschaft angekommen ist, sieht sie schon von Weitem eine große Versammlung aller Bewohner ihrer Straße. Keiner von ihnen hat eine Idee, was los sein könnte – zumindest solange, bis sie vor der Tür ihrer Wohngemeinschaft stehen. An dieser hängt nämlich ein aufschlussreicher Zettel, den sich Flo als Erster krallt. Er liest ihn laut vor: „Aufgrund der neuen hohen Wegesteuer, die unser König Topas eingeführt hat, bin ich gezwungen, das Haus an den König zu verkaufen. Deshalb bitte ich Euch, das Haus bis Ende der Woche zu verlassen." Flo schaut die anderen fassungslos an: „Was ist denn jetzt los?!? Früher war der König so ein gerechter Mann, aber seit ein paar Monaten hat er sich extrem zum Schlechten verändert."

Tanja schließt die Tür auf und alle stellen ihre Waffen zur Seite. Daniel geht sofort zu den Nachbarn, um zu erfahren, ob auch sie davon betroffen seien. Nach kurzer Zeit kommt er zurück und berichtet den anderen, dass diese unglaubliche Auskunft dem ganzen

Viertel ereilt worden sei. „Viele Nachbarn werden Richtung Freudenstadt, das außerhalb des Königreichs liegt, umziehen. Sollen wir das auch tun?" Flo zerreißt die Anordnung des Königs und sagt in einem rauen Ton: „Also mir reicht es wirklich! Zuerst müssen wir plötzlich diese beschissene Königssteuer bezahlen und dann kommt noch diese Wegesteuer dazu, die sich fast keiner mehr leisten kann – und jetzt werden wir auch noch aus unserem Haus vertrieben! Einfach unfassbar! Wir können doch wirklich gut mit unseren Waffen umgehen und haben jahrelang trainiert. Was haltet ihr davon, wenn wir dem König einen kleinen Besuch abstatten?" Tanja, Daniel und Silvi denken über die Idee nach und finden sie gar nicht so schlecht. Daniel meint: „Wir haben nicht viel Geld und es ist ein langer und sehr gefährlicher Weg bis zum König – aber dabei bin ich trotzdem!" Er streckt entschlossen seine Hand aus. Flo, Tanja und Silvi tun es ihm gleich, sodass ihre Hände aufeinander liegen. „Dann ist es beschlossen", entscheidet Tanja. Jeder nimmt noch das Wichtigste mit. Dann geht es los – auf die Reise ins Ungewisse.

Nachdem viele mitbekommen hatten, was die vier vorhaben, wünschen ihnen alle viel Glück und sehen dabei zu, wie sie die Stadt verlassen. Beim Fußmarsch ziehen langsam dunkle Wolken auf. „Hoffentlich regnet es nicht gleich", sagt Silvi zu den anderen. „Das wäre kein guter Start für unsere Reise!" Flo schaut nach vorne und sieht zwei Personen, welche die Fahne des Königs und auch eine Geldkassette bei sich haben. Prompt wird die Gruppe von den Zweien angehalten.

„Aufgrund der neuen Königsanordnung werden wir für bestimmte Wege eine Straßensteuer eintreiben. Dürfen wir also bitten?" Der eine macht schon die Kasse auf. Daniel fragt entrüstet, ob das ein Scherz sein solle. „Keineswegs", spricht der Mann mit der Fahne. „Wenn ihr nicht bezahlt, werden wir euch verhaften", und zückt sein Kurzschwert. Tanja hält ihre Lanze fest in der Hand und brüllt: „Jetzt reicht's! Ihr wollt eine Straßensteuer? Nehmt DAS dafür!", und schlägt zügig die Lanze auf den Kopf des Kassenhalters, der sofort zu Boden fällt. Der zweite Bote sieht entsetzt, wie der Kollege am Boden liegt. Er lässt die Fahne fallen und versucht zu entkommen. Tanja aber zückt ihren Bogen und zielt direkt auf ihn. Der erste Pfeil trifft ihn ins Bein, wodurch er sofort langsamer wird - der zweite in den Rücken gibt ihm dann den Rest. Daniel und Flo schauen sich etwas überrascht an und sagen nur: „Okay, das sollte reichen. Jetzt sammelt noch alle Gegenstände von ihnen ein, die wir gebrauchen können."
Als alles eingesammelt ist, fängt es an zu regnen. Innerhalb kurzer Zeit wird es immer stärker und sie beschließen, den kleinen Wald in der Nähe aufzusuchen.

Die Geschichte beginnt...

Es regnet in Strömen und für die Frühlingszeit ist es nicht gerade warm. Flo hat glücklicherweise eine kleine Höhle im Wald gefunden, die den Vieren einen kleinen Unterschlupf bietet. Daniel grummelt vor sich hin: „Wären wir nur in der Stadt geblieben. Da hätten wir zumindest noch ein anständiges Dach über dem Kopf gehabt", und schneidet mit seinem Schwert ein paar trockene Äste nahe der Höhle ab. Silvi packt den Feuerstein aus und schlägt diesen gegen die Spitze ihrer Lanze, damit Funken für ein Feuer entstehen. Tanja nimmt das trockene Gras aus der Höhle und hilft Silvi dabei, es zu entzünden. „Siehst du, Daniel? Wenigstens müssen wir nicht frieren und hungern", meint Flo, als er das restliche Fleisch mit seinem Dolch in kleine Stücke schneidet. Er verteilt es an die anderen drei, die es dankend annehmen. „Tanja, ich hoffe du weißt, wo die nächste Stadt ist. Wir brauchen dringend neue Vorräte." Sie nickt nur und lässt sich ihr Fleisch schmecken, welches nun schön angebraten ist. Nach dem Essen versucht Flo etwas Moos als Kopfkissen zu nutzen und wünscht allen anderen eine angenehme Nachtruhe und schläft recht schnell ein.

Am nächsten Morgen sammelt Daniel die Flaschen mit Wasser ein, welche er über Nacht in den Regen gestellt hatte, und alle machen sich auf den Weg. „Wir müssen aufpassen", spricht Silvi, „wir kommen immer weiter in das Gebiet von König Topas und ich glaube, es spricht sich schnell herum, wenn sich welche gegen seine

Habgier erheben – besonders dann, wenn jemand seine Männer tötet. Wer nicht nach seiner Pfeife tanzt, wird hart bestraft." Flo lacht auf: „Du bist lustig, Silvi. Wer hat denn dem Königsboten die Lanze auf den Schädel geschlagen?!" – „Moment", widerspricht Silvi: „Tanja hat den anderen mit zwei Pfeilen qualvoll sterben lassen. Ich habe ihm einen relativ schnellen Tod beschert." Daniel meint dazu nur: „Hört auf, rumzumeckern. Wenigstens hatten die beiden viel Geld dabei. Nur so können wir unsere Mission schaffen, den König zu entthronen. Wie weit ist es noch zur nächsten Stadt? Wohin gehen wir jetzt eigentlich?" „Münzberg", antwortet Tanja. „Hinter dem großen Hügel sollte es sein. Vergesst nicht, eure Waffen – soweit es geht – unter euren Mänteln zu verbergen." Alle prüfen nochmals die Verborgenheit der Waffen und machen sich weiter auf den Weg.

Als die Stadt Münzberg erreicht ist, staunen sie nicht schlecht: eine schöne kleine Stadt mit vielen ansehnlichen Häusern. Straßen mit vielen Springbrunnen dekorieren den Marktplatz. „Da sieht man, wofür der König das ganze Geld ausgibt. Jetzt ist mir auch klar, für was er diese Wegesteuer eintreibt", brummt Daniel leise. „Aber niemand unternimmt was dagegen." „Bis jetzt!", sagt Tanja leise, „aber zu viert wird es wohl unmöglich sein, den König zu besiegen." „Deshalb sind wir ja genau hier", meint Flo, „hier wohnt nämlich Elke, eine gute Freundin von mir. Die Frage ist nur: Wo"! Daniel sieht neben dem Marktplatz ein wunderschönes großes Gebäude, welches sich als

Gasthaus entpuppt. Das schöne Schild oberhalb der Eingangstür zeigt einen älteren Herrn mit einem riesigen Bierkrug in der Hand. „Wie wäre es, wenn wir hier, im ‚Zum goldenen Burkhardt', einfach mal nachfragen? Vielleicht haben wir Glück und es kann uns jemand etwas über Elke sagen", spricht Flo und hält allen die Eingangstür auf.

Im Gasthaus angekommen schnappt sich Silvi zuerst die Speisekarte, während Tanja die Toilette aufsucht. Während sich Silvi, Daniel und Tanja überlegen, was sie essen wollen, steht Flo wieder auf und geht in Richtung Tresen, an welchem die Bedienung gerade zwei Biere zapft. In der Küche sieht er jemanden, der gerade mehrere Stücke Fleisch mit einem Hackebeil bearbeitet. *Er sieht dem Herrn draußen auf der Tafel ziemlich ähnlich*, denkt Flo und schaut wieder zur Bedienung zurück. „Sagen sie mal", fordert Flo, „kennen sie eine gewisse Elke Werktag? Ich bin ein guter Freund von ihr, aber ich habe leider vergessen, wo sie wohnt." Die Kellnerin denkt nicht lange nach und lacht auf: „Ja, wer kennt die Elke nicht? Die hat mit ihren Zauberkünsten schon viele großartige Shows auf dem Marktplatz gezeigt. Aber mein Chef Hans kennt sie noch besser. Warten sie mal kurz", und ruft in die Küche: „Hans! Hast Du kurz Zeit? Da will jemand etwas über Elke Werktag wissen." Flo staunt nicht schlecht. *Die liebe Elke*, denkt er, *sie ist überall beliebt und noch für jeden Spaß zu haben.*

Der Chefkoch kommt mit einem Hackmesser in der Hand und einer blutverschmierten Schürze um seinen Bauch aus der Küche und sieht Flo etwas mürrisch an. Flo tritt einen kleinen Schritt zurück und ist froh, den Tresen zwischen sich und ihm zu haben. In rauem Tone spricht er zu Flo: „Was wollen sie von ihr? Geht es wieder mal um Geld?" Flo schluckt erst einmal, bevor er endlich geeignete Worte findet: „Nein, nein. Ich bin Flo und ein guter Freund von Elke. Das hier sind Freunde von mir und wir wollen sie nur besuchen, ehrlich!" Der Chefkoch sieht Flo und den Dreien direkt ins Gesicht und lässt das Beil sinken. Er zeigt ein leichtes Lächeln und nickt. „Ja, gut, ich glaube euch. Elkes Freunde sind auch meine Freunde. Mein Name ist Hans und wer seid ihr?" Bevor Flo jeden Einzelnen vorstellen kann, sind alle bereits aufgestanden und stellen sich nacheinander vor. Hans zieht seine Schürze gerade und sagt nur: „Es gibt viele, die Elke wegen ihrer Magiekünste nicht so sehr mögen. Deswegen hat sie auch große Probleme, einen Job zu finden. Zumindest konnte ich ihr dabei helfen, dass sie am Marktplatz öfter mal ein paar Zauberkünste zeigen darf. Dafür hilft sie uns, wenn wir mal Hilfe brauchen. Deshalb kann sie auch immer kostenlos zum Mittagessen vorbeikommen. Wir haben uns schon immer gegenseitig geholfen."

Tanja unterbricht die zwei nur kurz: „Tut mir echt leid, dass ich euch unterbreche, aber ich habe einen riesigen Kohldampf. Können wir zumindest schon etwas zu trinken bekommen?" Hans dreht sich zu Tanja. „Verzeihung. Wo habe ich nur meine Manieren gelassen? Was wollt ihr denn haben?"

Nachdem alle *Hans Spezial – Nach Art des Hauses* und ein leckeres Bier bestellt haben, meint Hans nur, dass dies eine gute Wahl sei und verschwindet wieder in der Küche. Aus dieser hört man dann einen lauten Brüller: „Kerstin, bring allen einen großen Krug Bier und einen Schnaps! Den werden sie nach DIESEM Essen bestimmt brauchen." Das darauffolgende laute Lachen in der Küche ist überall zu hören. Kerstin steht am Zapfhahn, doch plötzlich kommt nur noch Schaum aus dem Hahn. Kerstin ruft Hans zu, dass ein neues Fass aus dem Keller geholt werden müsse. „Tut mir leid, Kerstin, das musst du selbst holen" und fängt an, die Schnitzel zu braten. Flo und Daniel schauen sich gegenseitig an und gehen auf Kerstin zu. „Sollen wir dir mit dem Fass helfen? Elkes Freunde sind auch unsere Freunde." Kerstin ist sprachlos und sagt mit einer Träne im Auge: „Ihr seid die Ersten, die mir dabei helfen wollen. Kommt mit. Ich zeige euch, wie ihr zum Keller kommt." Nachdem den Zweien der Weg zum Keller erklärt worden ist, machen sich beide auf. Kurze Zeit später kommen sie mit zwei Fässern Bier aus dem Keller zurück und rollen diese zum Tresen. „Vielen Dank, ihr zwei. Ihr seid echt lieb", meint Kerstin und gibt Daniel ein Küsschen. Flo wischt sich zuvor erst sämtliche Spinnweben aus dem Gesicht, die er sich im Keller eingefangen hat und nimmt dann die kleine Belohnung sehr gerne an.

Nachdem die Biere aus dem frischen Fass am Platz angekommen sind, ruft Hans, dass die ersten Schnitzel fertig seien. Als alle gut gegessen und getrunken haben, kommt Hans aus der Küche heraus und wundert sich darüber, dass Silvi ihr Essen nicht ganz geschafft hat. „Hast du bisher nur Kinderteller gegessen oder was ist los??" Silvi ist immer noch erschöpft vom deftigen Monsterschnitzel und gesteht: „Es ist einfach zu viel. Lecker ist es aber auf jeden Fall. Ihr könnt mir den Rest gerne einpacken. Das kann ich mit Sicherheit später noch essen. Hans schaut sie etwas skeptisch an, aber erfüllt ihr schließlich diesen Wunsch. Als Flo die Rechnung begleichen möchte, meint Hans sofort, dass er nur die Hälfte bezahlen solle. „Schließlich habt ihr Kerstin geholfen, neue Bierfässer zu holen und außerdem bezahlen Freunde von Elke immer nur einen Teil." Er wünscht den Vieren alles Gute und geht zurück in seine Küche.

Nachdem Flo bei Kerstin alles bezahlt und sich freundlich verabschiedet hat, geht es für alle zum Marktplatz. Flo sieht Elke, die gerade einen kleinen Tisch für ihre Show präpariert, schon von Weitem. Sie stellt neben dem Tisch einen Käfig mit einem Hasen, der fröhlich an seiner Möhre knabbert, ab. Karten, Zauberstab und sonstige Utensilien legt sie offen auf den Tisch und läutet mit einer Glocke. Schon kommen viele Zuschauer und scharen sich im Halbkreis um ihren Tisch. Flo winkt den Dreien, die den restlichen Markt mit Obst, Gemüse und einer großen Fleischauswahl bestaunen, zu. „Wir warten jetzt aber so lange, bis die Show zu Ende ist", flüstert ihnen Flo zu. „Achtet immer auf die Soldaten des Königs. Irgendwann werden sie Alarm schlagen – spätestens dann, wenn die Abgemurksten nicht mehr auftauchen oder gar gefunden werden." Schon geht die Zaubershow von Elke los. Sie beginnt mit ein paar Kartentricks, bei denen alle Zuschauer und auch die vier Freunde versuchen, den Trick herauszufinden – aber niemand kann erkennen, wie es funktioniert. Dann holt Elke den Hasen aus dem Käfig und setzt ihn in den Zylinder, zückt den Zauberstab und kreist diesen in der Luft, während sie ein paar *magischen Worte* spricht. Der Zylinder springt vom Tisch, aber der Hase ist wie vom Erdboden verschluckt. Daraufhin kann man das Staunen vieler Zuschauer zunehmend sehen und hören. Viele fragen sich erneut, wie und warum nun auch dieser Trick funktioniert. Niemand kann sich aber auch nur ansatzweise erklären, wo das Karnickel geblieben ist.

Zum Ende der Show hin nimmt Elke wieder ihren Zauberstab, murmelt ein paar Worte und ein kleines Feuerwerk erstrahlt rings um den Tisch; sie verneigt sich vor all ihren Zuschauern mit einer tiefen Verbeugung. Natürlich applaudieren sämtliche ihrer Bewunderer und viele davon werfen ein paar Münzen in den Zylinder, in dem nach wie vor kein Hase mehr zu sehen ist.

Als sich die Zuschauer verflüchtigen, nickt Flo den anderen zu und sie gehen alle zusammen zu Elke. Diese ist gerade dabei, das Geld aus dem Zylinder zu nehmen, als sie Flo erkennt: „Flo! Was machst du denn hier? Das ist jetzt aber eine Überraschung. Und wer sind denn all die anderen?" Bevor er überhaupt nur ein Wort sagen kann, drückt ihn Elke so fest an sich, dass er fast keine Luft mehr bekommt. Als sie ihn loslässt und er wieder atmen kann, sagt er nur leise: „Können wir nicht erstmal zu dir? Hier draußen gibt es zu viele offene Ohren, die nicht alles mitbekommen sollen." Sie nickt und während Tanja den Tisch und den Käfig trägt, folgen die anderen zum Haus von Elke.

Unterwegs fällt Silvi ein: „Ich sollte mal nach einer neuen Waffe schauen. Die Lanze ist schon auffällig." – „Es gibt keinen Waffenschmied mehr, seitdem König Topas sämtliche Waffen beschlagnahmt – aber ich glaube, ich habe daheim etwas für dich, Silvi. Es wäre aber wirklich besser, du würdest die Lanze hier irgendwo entsorgen", gibt Elke zu bedenken. „Meine schöne Lanze. Die hat mir schon oft geholfen, aber okay..." Silvi sucht einen großen Busch und versteckt sie so gut es geht. Elke wohnt am Ende der Stadt in einem kleinen Haus, aber sie meint, dass sie nach einer neuen Wohnung suchen müsse. „Die Miete ist leider recht hoch", sagt sie, während sie die Tür mit einem Zauberspruch öffnet.
Als alle das Haus betreten, sehen sie zunächst einmal überall viele Bücher über Magiekünste, Phiolen und Papiere mit irgendwelchen unbekannten Zeichen. Silvi,

neugierig wie immer, greift sich eines dieser Bücher
und will etwas daraus vorlesen, aber Elke schreit laut:
„Nicht vorlesen!!" und schlägt ihr das Buch aus der
Hand. „Bei diesen Büchern ist äußerste Vorsicht
geboten."
„Verzeihung", meint Silvi, hebt das Buch vom Boden
auf und stellt es wieder zurück ins Regal.
„Flo, willst du mir deine - nennen wir sie mal *Freunde* -
nicht erstmal in Ruhe vorstellen, bevor jemand einen
meiner Tränke aus dem Regal nimmt und sich in eine
Ratte verwandelt? Die Namen kenne ich ja schon." „Ja,
du hast Recht." Flo stellt alle vor und erzählt, was sie
gegen den König unternehmen wollen. Elke staunt über
die Pläne gegen den Tyrannen nicht schlecht und
meint: „Ihr habt damit schon recht, aber glaubt ihr
wirklich, ihr habt zu viert überhaupt eine Chance gegen
ihn?" Daraufhin sagt Flo: „Wie ich sehe, bist du
weiterhin an der schwarzen Magie dran. Jemanden wie
dich können wir gut in unserem Team gebrauchen. Den
Trick mit dem Hasen kenne ich noch von dir. Du lässt
ihn im Zylinder doch einfach zu Staub werden. Bei
Tieren mit geringer Willensstärke hat das doch schon
früher funktioniert."

Elke schaut reihum die Gruppe an, überlegt kurz und
sagt: „Glaubt ihr, wir haben eine Chance, diesem
Wahnsinn ein Ende zu setzen? Ich meine, neben den
Wegesteuern, auch die Tyrannei gegen jeden, der dazu
seine eigene Meinung hat?"
Silvi legt ihr die Hand auf die Schultern und sagt nur:
„Würden wir es nicht machen, geht das Elend immer

und ewig so weiter und wir haben es satt, unterdrückt zu werden."
Elke schaut ihr tief in die Augen und meint: „Ihr habt völlig recht. Ich werde euch begleiten. Flo, du wirst schon sehen, wie ich meine schwarzen Künste verbessert habe." Elkes Augen funkeln und Silvi macht lieber einen Schritt zurück, bevor noch ein Zauber geschieht.
„Sag mal, Elke. Weißt Du eigentlich, warum den König so viele unterstützen? Liegt das auch an Zauberei oder sind viele einfach so naiv und glauben an das Beste in ihm? Vor einigen Jahren war doch noch alles normal."
„Das ist eine gute Frage, Flo. Ich glaube auch, dass Magie daran beteiligt ist. Leider kann ich es nicht genau sagen."

Jetzt kommt auch Daniel einmal zu Wort: „Bevor wir weitergehen, braucht Silvi aber noch eine neue Waffe. Du sagtest, bei dir liege noch etwas herum, was Silvi im Kampf nutzen könne?"
„Ja ja ja. Einen Moment bitte." Elke verschwindet in einem kleinen Zimmer nebenan. Alle hören das Rascheln von Papieren und das Klimpern von Metall – bis man ein „Aaah, hier ist es" hört.
„Hier habe ich noch einen Säbel, den ich bei einem kleinen Glücksspiel gewonnen habe." Er ist noch unbenutzt, also sollte er seinen Zweck erfüllen", meint Elke und überreicht ihn Silvi.
Sie nimmt ihn dankend entgegen, probiert ein paar schnelle Bewegungen mit ihm aus und hängt ihn an ihren Gürtel.

Daniel meint nur: „Ich weiß zwar nicht, wie du damit
mit meinem Schwert mithalten kannst, aber für eine
Frau ist das wohl schon brauchbar."
„Ich werde den Säbel schneller eingesetzt haben, wie
du dein Schwert auch nur in den Händen hältst", grinst
Silvi und streckt Daniel spaßeshalber die Zunge heraus.
„Wir sollten aber erst noch Vorräte einkaufen und dann
bei Dunkelheit aufbrechen. Je größer unsere Gruppe
wird, desto größer ist die Gefahr, aufzufallen", wirft
Daniel ein; alle stimmen ihm zu. Tanja und Elke gehen
kurz zum Markt, um alles für die weitere Reise zu
besorgen.

Gegen Abend finden sich wieder alle in Elkes Haus ein.
Sie schnürt sämtliche Utensilien wie auch Bücher,
Phiolen und mehr zusammen – all das, was sie für die
lange Reise benötigt.
Als die Nacht anbricht, gehen alle gen Süden Richtung
Euronia, wobei Flo mit der Fackel vorausläuft. Während
sie die Stadt verlassen, sehen sie im Dunkeln vier
Soldaten mit mehreren Fackeln auf sie zukommen.
„Mist, das wollte ich vermeiden", grummelt Flo – aber
zu spät. Die Männer des Königs stellen sich vor die
Fünfergruppe und einer brüllt laut: „Halt, wer seid ihr?
Was wollt ihr hier?"
„Wir sind aus der Groschenstadt und wollen einen
Freund aus Euronia besuchen", spricht Tanja den
Soldaten an. In diesem Moment fällt einem weiteren
Soldaten das Schwert von Daniel auf, das unter seinem
Mantel durch das Fackellicht aufblitzt. „HALT – im
Namen des Königs! Waffen sind für Zivilisten nicht

erlaubt und schon gar nicht SOWAS! Ihr werdet jetzt
sämtliche Waffen ablegen und mitkommen!"
„Ja ja, selbstverständlich werde ich das Schwert zu
Boden legen." Daniel nimmt es in die Hand und führt es
langsam zur Erde und alle vier Soldaten schauen zu, wie
er es ablegt. Doch in diesem Moment der
Unachtsamkeit zieht Silvi den Säbel unter ihrem Mantel
hervor, springt zu einem der Soldaten und schlägt ihm
das Schwert aus der Hand. Danach gibt sie ihm den
Rest. Schnell zückt Flo seinen Dolch und besiegt den
zweiten Soldaten mit einem gezielten Stich. Die
anderen zwei haben nicht damit gerechnet und
versuchen zu flüchten, aber Tanja ist blitzschnell. Mit
ihrem Pfeil und Bogen trifft sie einen in den Kopf und
den anderen Krieger ins rechte Bein, sodass er vor
lauter Schmerz nur noch schreiend kriechen kann.
Daniel hebt sein Schwert auf und geht zum verletzten
Soldaten, der schmerzerfüllt um Gnade winselt. Doch
Daniel holt mit voller Wucht aus und schlägt zu…

Daniel reinigt sein Schwert im nassen Gras und steckt
es wieder in die Scheide zurück.
„Jetzt wird es nicht mehr lange dauern, bis wir ein
ernsthaftes Problem haben", sagt Elke. „Jetzt können
wir uns nicht mehr verstecken. Der König wird nach uns
suchen und bestimmt noch eine hohe Belohnung für
das Ergreifen oder Töten von uns aussetzen."
„Jetzt werden sie bestimmt eine große Schar von
Soldaten in das ganze Land bringen", sagt Tanja. „Wir
brauchen noch viele Gefolgsleute, denn sonst haben
wir keine Chance."

Damit die fünf tapferen Krieger nicht so leicht auffindbar sind und nicht sofort entdeckt werden, halten sie sich vorsichtshalber nahe einem kleinen Wald auf.

„Da vorne ist ein kleines Wäldchen, bei dem wir uns erst einmal ausruhen und eine kleine Mahlzeit einnehmen können", spricht Daniel und deutet auf das östlich gelegene kleine Waldgebiet. Alle nicken und finden die Idee sehr gut. So kann sie schon niemand auf der offenen Fläche sehen.

Auf einer kleinen Lichtung packt Elke etwas Brot und Fleisch aus und zeigt, wie sie flugs mithilfe ihrer Magie ein kleines Feuer entzünden kann. Silvi schaut zuerst etwas böse, weil sie nicht ihre Feuersteine mit dem Säbel nutzen darf, aber eigentlich ist sie auch froh. Der Zauberspruch funktioniert natürlich um einiges schneller. Flo schneidet das Brot in Stücke und Silvi kümmert sich um das Fleisch auf dem Holzspieß, das über dem Feuer schön knusprig wird. Während dem Essen hören sie am Ende des Wäldchens einige Personen. Flo sagt rasch: „Schnell, versteckt euch – und du, Silvi, als gute Späherin, schaust mal, was da los ist." Sie nickt und begibt sich auf leisen Sohlen versteckt im Wald auf die Suche nach der Geräuschkulisse.

Als Silvi das Ende des Waldes erreicht hat, sieht sie fünf bewaffnete Männer zwei Gestalten umkreisen. Es sieht nach einem Kampf aus, den die zwei gegen die fünf Landsleute des Königs verloren haben. Die Waffen der Besiegten liegen am Boden und die Krieger sprechen untereinander, was Silvi leider nicht verstehen kann.

Das ist ihr erst einmal auch egal. Sie hastet wieder zurück zur Lichtung und informiert ihre Freunde über das Geschehen.

„Lasst uns nicht abwarten, was die Soldaten mit den Leuten vorhaben. Jeder Nicht-Soldat ist ein Freund von uns", spricht Elke zu den anderen.

Alle lassen ihr Fleisch und Brot liegen, schnappen ihre Waffen und rennen in Windeseile an den Platz des Geschehens. „Ich glaube, die schicken die ganze Elitetruppe in diesen Bereich", keucht Flo. Daniel sagt nur: „Vielleicht ist der König sauer auf uns? Schließlich sind schon einige seiner Soldaten in dieser Region nicht mehr am Leben."

Dort angekommen sehen alle, wie die zwei am Boden knien, während ein Soldat sein Schwert nimmt.

„Wahrscheinlich werden die beiden gleich getötet oder so. Ich warte jetzt bestimmt nicht länger, bis die zwei tot am Boden liegen", spricht Tanja und nimmt einen Pfeil aus dem Köcher, zielt auf den Soldaten mit dem Schwert und verpasst ihm einen gekonnten Treffer, sodass er sofort zu Boden sackt.

Die anderen vier Soldaten sehen die Gruppe, halten ihre Schwerter kampfbereit und stürmen lautstark auf Tanja und die restliche Menge zu.

Daniel zieht sein Schwert rechtzeitig aus der Scheide, weicht dem ersten Soldaten gekonnt aus und versetzt ihm einen Stich in den Bauch.

Elke wirft eine Phiole, gefüllt mit einer undefinierbaren Flüssigkeit, auf den feindlichen Krieger. Prompt kann dieser nichts mehr sehen; damit hat Flo leichtes Spiel. Er kann ihm mit seinem Dolch einen sauberen Schnitt verpassen, sodass er nur noch ein leises Krächzen vom Soldaten hört, bevor er zu Boden fällt.

Mit dem nächsten Soldaten hat Silvi keine Probleme. Durch ihre Flinkheit mit dem neuen Säbel hat der Angreifer nicht viele Chancen. Sie weicht seinem Angriff gekonnt aus und trifft ihn mit Leichtigkeit. Dadurch sackt auch er ebenso schnell zu Boden wie seine Gefährten zuvor.

Nun ist der letzte Soldat von allen eingekreist. Er sinkt schwer verletzt zu Boden und fleht um Gnade. Alle können sehen, wie er vor Angst zittert.

Flo geht mit gezogenem Dolch auf ihn zu und spricht in lautem Tone: „Warum habt ihr die beiden zum Tode verurteilt?"

Der Soldat erwidert stotternd: „König Topas hat uns befohlen, sämtliche Personen mit Waffen zu liquidieren. Er hat gehört, dass es immer mehr Personen gibt, die sich gegen ihn erhoben haben."

Flo wird noch lauter: „Dann sag dem Arschloch von König, dass er einen neuen Feind hat und wir werden nicht ruhen, bis wir ihn vom Thron gestürzt haben."

Er dreht sich zu Elke und sagt ihr mit einem kleinen Schmunzeln: „Kannst du bitte den Zauber einsetzen, damit er nicht mehr weiß, wie wir aussehen?"

Elke zwinkert Flo zu, hält ihre Hand auf den Kopf des zitternden Soldaten und murmelt ein paar unverständliche Worte.

Ein lauter Knall ertönt und alle zucken zusammen – außer Elke. „Fertig", sagt sie stolz und geht zur Seite. Daniel hilft dem Soldaten hoch und schupst ihn in Richtung Münzberg.

„Na, hoffentlich war das kein Fehler", meint Tanja. „Jetzt müssen wir immer getrennt voneinander in den Städten unterwegs sein. Sie wissen ja, dass wir aktuell zu fünft sind."
„Jetzt sollten wir uns erst einmal gegenseitig vorstellen. Schließlich fragen sich die zwei bestimmt, wer wir sind und was wir wollen."
Alle fünf blicken zu den Zweien, die in der Zwischenzeit langsam aufgestanden sind und sich den Dreck von den Hosen abgeklopft haben.
„Habt Dank für eure Hilfe. Wir sind Alex und Silke aus Kleinpfennig und sind Geschwister, bevor die Frage kommen sollte. Wir wollten eigentlich zu dem großen Fest nach Euronia gehen und sind wegen der vielen Räuber in der Gegend immer bewaffnet. Dass dies durch den König jetzt auch schon verboten ist, haben wir nicht gewusst."
Silke erkundigt sich bei Alex, was sie jetzt vorhätten und fragt ihn, ob sie sich der Gruppe anschließen wollten. „Nun ja", meint Alex. „Ohne euch wären wir jetzt schon nicht mehr am Leben und wir haben den König genauso satt wie viele andere auch."
Flo fragt nochmals „Also seid ihr dabei?"
Darauf entgegnet Silke kühl: „Mein Morgenstern, meine Dienste, meine Kraft gehören euch."

„Bruder und Schwester halten immer zusammen." Alex erhebt seine Axt in den Himmel. Sie funkelt silbern in der Sonne.

Nachdem alle ihre Waffen gen Himmel erhoben haben, spricht Elke nur: „Genug der Freude. Auch wenn es unangenehm ist, sollten wir die Soldaten nach Geld und möglichen Dingen zum Verkauf durchsuchen. Wir können jeden Euro gebrauchen."

Tanja schmunzelt und spricht zu Daniel: „Du darfst deinen Soldaten selbst durchsuchen. Schließlich hast du ihn zugerichtet."

Alle kichern leise, während Daniel den Leichnam nach seinen Wertsachen durchsucht.

Nachdem alle Mitstreiter sämtliches Geld und etliche Wertgegenstände eingesammelt haben, machen sie sich weiter auf den Weg in Richtung Euronia.

Gegen Abend beschließen alle, ein Lager zu errichten. Zum Glück hat Tanja auf dem langen Marsch zwei Hasen geschickt mit Pfeil und Bogen erlegt, die jetzt in einem schönen Feuer gebraten werden. Elke zeigt Silke und Alex stolz ihre Magiekünste – das Feuer brennt innerhalb weniger Sekunden. Silvi spießt die zwei noch blutigen Hasen mit einem großen Holzspieß auf und hält diesen über das Feuer. Vom Brot kann sich jeder selbst etwas abbrechen; für die Fleischstücke aber erklärt sich wieder Flo als *Verteilergott* bereit. „Dafür ist so ein Dolch doch sehr brauchbar", lacht er und verteilte das Fleisch gerecht an alle weiter.

Der König sitzt mittags in seinem großen Speisesaal und genießt das vorzügliche Mahl, das ihm seine Diener gebracht haben. Zwei schwer gepanzerte Ritter sowie ein Magier schauen dem König zu, wie er eine Schweinshaxe verputzt und einen guten Schluck Wein die Kehle herunterlaufen lässt. Nach dem leckeren und deftigen Essen steht er auf und schaut mit dem Weinkrug in der Hand aus dem Fenster, von welchem aus er einen großen Teil seines Reiches überblicken kann. Plötzlich kommt einer seiner Diener in den Speisesaal und teilt ihm mit, dass ein Soldat aus der Region Münzberg da sei und eine schlechte Nachricht für ihn habe.

Der König schaut etwas stirnrunzelnd und bittet darum, den Soldaten eintreten zu lassen. Die Ritter stellen sich zum Schutz des Königs direkt neben ihn.

Der Soldat kniet vor dem König nieder und teilt ihm die Geschehnisse außerhalb Münzbergs mit; und auch, dass die Angreifergruppe, die die Soldaten-Morde durchgeführt hat, geschworen habe, den König zu Fall zu bringen.

„Wie viele Soldaten seid ihr gewesen? Fünf?? Da habt ihr es nicht geschafft, diese kleine Gruppe von Anfängern zu besiegen?!?" Vor lauter Wut wirft er den Weinkrug gegen die Wand, der mit einem lauten Knall in 1000 Stücke zerbricht.

„Kannst Du uns wenigstens beschreiben, wie dieser Abschaum aussieht, damit wir alle informieren können?"

„Leider nicht, mein König. Ich weiß nur, dass es fünf gewesen sind, aber an ihre Gesichter kann ich mich leider nicht erinnern. Bitte vergebt mir, Eure Majestät!" Der König wird im ganzen Gesicht rot vor Zorn und murmelt: „Und solche Leute habe ich zu Soldaten ausbilden lassen!"

Der König wendet sich vom Soldaten ab, zieht sein Schwert und ehe sich der Soldat nach dem weiteren Vorgehen erkundigen kann, macht der König eine schnelle Drehung und enthauptet ihn. Die Ritter und der Magier sehen dem rollenden Kopf nach, der letztlich in der Mitte des Saales liegen bleibt. Einer der Ritter geht zu Tür und unterhält sich außerhalb des Speisesaals kurz mit dem Kammerdiener. Prompt kommen fünf Knappen herein, die beim Aufräumen und Saubermachen der Vollstreckung helfen. Innerhalb weniger Minuten ist alles wie zuvor – unscheinbar und rein. Als diese den Raum verlassen haben, denkt der König kurz über das Problem nach. Er schickt seine Boten hinaus, die seine Berater aus den Städten zu seiner Burg nahe Scheckstadt bringen sollen, damit man für dieses Problem eine Taktik austüfteln kann. Leider wird dies einige Tage in Anspruch nehmen, was dem König natürlich gar nicht recht ist.

Zur selben Zeit ist die Gruppe mit bereits sieben Kämpfern erneut in Richtung Euronia unterwegs. „Ist die Stadt noch weit weg? Ich hätte mal wieder Gelüste auf einen Krug Bier", seufzt Alex. „Geduld, Brüderchen.

Silvi kennt den schnellsten Weg. Bestimmt ist es nicht mehr weit, stimmt´s Silvi?" Er dreht sich zu Silvi um, die gerade einen Blick auf ihre Karte wirft und Silke mit gehobenen Augenbrauen leicht kopfschüttelnd ansieht. „Leider muss ich dich enttäuschen, Alex. Es ist noch ein weiter Weg dorthin, aber wenn wir einen kleinen Umweg machen sollen, kommen wir bei einem ganz kleinen Dorf namens Schotterhausen vorbei. Wer weiß, vielleicht können wieder dort etwas Kraft tanken? Aber vor dem Abend werden wir dort nicht ankommen."

Elke wird hellhörig: „Schotterhausen? Da wollte ich mal meine Zauberkünste verbessern. Ich hoffe nur, dass Alchimist Gandulf noch nicht gefasst worden ist. Wenn er noch da sein sollte, könnt ihr mich gerne für ein paar Wochen zum Training in Schotterhausen lassen. Da dieses kleine Dorf leicht außerhalb der Grenze des Königs liegt, dürfte ich dort sicher sein. Vielleicht gibt es dort auch noch mehr Brauchbares für uns."

Daniel fragt in die Runde: „Wer ist dafür, dass wir einen kleinen Umweg nach Schotterhausen machen?" Diese Frage hätte er sich eigentlich sparen können: Alle erheben bereits die Hand und folgen Silvi in Richtung Schotterhausen. Die Rucksäcke der sieben scheinen langsam etwas schwer zu werden. Schließlich haben sie auch viele Rüstungsteile und kleine Waffen der Soldaten zum Eintausch oder zum Weiterverkauf mitgenommen. „Mensch, Elke! Kannst du den ganzen Krempel nicht verzaubern, damit er leichter wird?"

„Nein, aber wenn du noch mehr meckerst, kann ich es bestimmt schwerer zaubern. Ich habe die schwarze Magie gelernt. Vielleicht kann ich in Schotterhausen zumindest etwas dazu lernen, was uns helfen kann – vielleicht einen kleinen Heilzauber oder so…".

„Wir sollten spätestens dort nach einem Karren oder nach Pferden schauen. Dann können wir uns immer abwechseln, damit ein Teil von uns stets einsatzbereit ist, falls wir auf Widerstand treffen sollten. Sonst wäre alles umsonst", meint Tanja, die zusammen mit Flo etwas zurückgefallen ist.
„Wir haben zumindest Glück, dass es hier noch erträgliche Straßen gibt. Ich habe keine Lust, über Berge und durch Täler zu spazieren."
„Jetzt hört doch auf zu meckern. Typisch Mann! Nur meckern. Nehmt euch mal ein Beispiel an Flo!" Flo grinst, nachdem Silvi dies gesagt hat. „Wenn wir ganz viel Glück haben und der König hier noch nichts angerichtet hat, kommen wir bald zu einem Bauernhof, der sich hinter dem kleinen Hügel befindet. Vielleicht können wir uns dort einen Karren kaufen, der bis nach Schotterhausen durchhält", meint Silvi und studiert die Karte. „Haltet durch – und wenn es euch Dreien da hinten zu schwer wird, können euch die starken Männer von da vorne bestimmt noch etwas von der Last abnehmen."
Schon herrscht absolute Ruhe und die Herren hoffen inständig, dass keiner der Hinteren Hilfe beim Schleppen benötigen wird.
Langsam aber sicher nähern sie sich dem Bauernhof und Flo hält die Hände nach oben und ruft leise: „Danke, danke!"

Daniel lacht und sagt nur gehässig: „Ich glaube, wir brauchen einen Karren für Flo alleine, damit wir ihn schieben können. Hoffentlich gib es in Schottenhausen so etwas wie ein Trainingscamp für ihn."
Flo streckt ihm nur den Mittelfinger entgegen und sagt zu allen: „Ich glaube, es ist besser, wenn wir nicht alle den Bauernhof betreten. Tanja, Silke und Elke – könnt ihr mal schauen, wo die Bewohner sind? Lasst eure Waffen lieber hier. Schließlich sollen sie uns helfen."
Sie nicken, legen die Waffen ab und betreten den Bauernhof. Es ist ein großes Anwesen mit Kühen, Schweinen, Hühnern und sehr großen Ackerflächen. Tanja und Silke sehen sich bei den Tieren um, während Elke zum Haus geht und schaut, ob jemand zuhause ist.
„Es wundert mich aber wirklich, dass niemand hier ist", sagt Tanja zu Silke. „Wo können die nur sein?" Silke flüstert leise: „Hoffentlich ist es keine Falle des Königs. Nicht dass er weiß, wo wir sind und da wir drei auch noch unbewaffnet sind, hat er ein leichtes Spiel mit uns." „Wir sollten schnell zu Elke, bevor es zu spät ist."
Sie eilen in Richtung Scheune, in die Elke soeben eingetreten ist. Sofort schließt sich das Scheunentor hinter ihr.
„Sollen wir jetzt wirklich unbewaffnet eintreten?"
„Gute Frage, Tanja. Pass auf – ich hole die anderen und du bleibst vor der Scheune. Vielleicht kannst du durch irgendein Fenster etwas sehen. Aber pass' bloß auf dich auf, verstanden?"
Tanja nickt und sucht ein Fenster, durch das sie hindurchschauen kann. Leider hat diese Scheune nur Dachfenster und eine Leiter kann sie auf die Schnelle

nicht finden. Sie überlegt: „Soll ich nicht doch vorsichtig einen Blick hineinwerfen?"

Gesagt, getan. Tanja öffnet ganz vorsichtig das große Tor, um etwas sehen zu können. Sie erkennt eine Schar von Menschen und wird blitzschnell in die Scheune gezerrt. Das Tor schließt sich wieder genauso schnell und leise, wie es das bei Elke getan hatte.
Silke hat die Gruppe völlig atemlos erreicht und die anderen fragen sie, wo die beiden anderen geblieben sind. Als sie wieder zu Atem kommt, berichtet sie von Elkes Verschwinden. Flo steht auf und ruft zu allen: „Worauf warten wir noch? An die Waffen, beeilt euch! Wir wissen nicht, wie viel Zeit uns noch bleibt." Man hört die Waffen klimpern und alle folgen Silke in Richtung der Scheune. Dort angekommen fragt Silvi: „Wo ist denn Tanja? Ich dachte, sie sei vor der Scheune!" „So hatten wir es ausgemacht. Ich hoffe, Tanja hat nicht Selbstjustiz verübt und will Elke alleine befreien!?"
„Sollen wir uns anschleichen oder mit einem direkten Angriff die Scheune stürmen?", fragt Flo in die Gruppe. Alex sagt nur: „Stürmen! Ich werde die Spitze unseres Angriffs sein."
Alle ziehen ihre Waffen und stellen sich bereit, als sich plötzlich die Scheune öffnet. Elke und Tanja stehen an der Tür und winken ihre Freunde hinein. Diese schauen sich verdutzt an, aber folgen den beiden flugs.

In der Scheune sitzen etwa 20 Leute, zum Teil auch Frauen und Kinder, die ein gemeinsames Essen genießen. Als die Bewaffneten eintreten, herrscht plötzlich Stille und alle blicken zu Flo, Daniel, Alex und Silvi.

Elke geht mit einem vollbärtigen Mann zu den Fünfen hin und teilt ihnen mit: „Ihr habt euch bestimmt schon gefragt, wo ich bin… aber es ist alles okay. Das komplette Volk vom Bauernhof hat die letzten Tage eine erfolgreiche Ernte gehabt und in Schotterhausen alles gewinnbringend verkaufen können. Das wollen sie heute mit einem großen Festschmaus feiern."

Alle schauen erleichtert, stecken ihre Waffen wieder ein und stellen sich dem Hofherren Rahtol vor.

„Wir haben schon gedacht: Wer stört uns jetzt bei unserer Feier?! Eure Tanja und Elke haben uns aber schon kurz erzählt, wer ihr seid und was ihr vorhabt. Wir finden es großartig, dass ihr euch gegen den König erheben wollt. Ihr seid ja schon lange unterwegs und könnt bestimmt eine Stärkung mit Übernachtung gebrauchen, oder? Ihr könnt gerne hier in der Scheune im Heu schlafen."

Rahtol schnippt zweimal und drei Männer kommen mit einer Bank und einem Tisch an.

„Greift einfach zu. Wir haben alles, was der Hof hergibt."

Da sagen die Gäste nicht *nein* und holen erst einmal ihre Sachen von draußen. Dann gehen alle zum Buffet, essen vom Schwein und Huhn, trinken vom selbstgebrauten Bier und unterhalten sich mit allen bis tief in die Nacht hinein.

Am nächsten Morgen werden die Sieben von einem krähenden Hahn und durch laute Geräusche von den vielen Personen am Hof geweckt. Die Männer müssen von den Frauen durch Wachrütteln und durch leichte Tritte endgültig aus dem Schlaf gerissen werden; aber das sind ja alle langsam gewohnt.

Nachdem endlich alle aufgestanden sind, kommt Rahtol auf sie zu und meint: „Guten Morgen, ihr Schlafmützen! Da ihr bestimmt bald aufbrechen wollt, solltet ihr erst einmal ein schönes Frühstück zu euch nehmen und uns danach noch sagen, was wir für eure Reise tun können. Wir haben euch draußen ein ausgiebiges Frühstück aufgetischt. Wenn es nicht ausreichen sollte, gebt einfach Bescheid." Flo spricht für alle: „Eure Hilfsbereitschaft ist wirklich groß. Habt vielen Dank für alles! Wir werden nach diesem so leckeren duftenden Frühstück zu euch kommen." Rahtol nickt, schnappt sich eine Sense und begibt sich nach draußen. „Oh man", sagt Alex voller Freude. „Worauf warten wir noch? Ich habe Hunger!" und rennt dem Duft entgegen. Silke schüttelt nur den Kopf und wendet sich dem Rest der *Mannschaft* zu: „Das ist typisch für meinen Bruder. Das Frühstück ist ihm sehr heilig. Geht ihm dabei nie dazwischen!" Flo lacht und meint nur: „Hatte ich bestimmt nicht vor. Ich würde mich nie zwischen seine Axt und sein Frühstücksei stellen."

Alle lachen leise und gehen nach draußen, wo sie einen reich gedeckten Tisch voller Leckereien vorfinden: vom selbst gebackenen Brot über Eier, Wurst, Käse bis hin zu Honig steht alles bereit. Es ist genug da, um eine kleine *Armee* satt zu bekommen.

Alex fehlt natürlich wieder sein Krug mit selbstgebrautem Bier. Nachdem das ein kleiner Junge des Hofes mitbekommen hat, rennt dieser los und kommt überraschend schnell mit einem Bierkrug für Alex zurück. Nachdem alle mit dem Essen fertig sind, fragen sie die junge Frau, die gerade mit einem Korb voller Eier unterwegs ist, ob Rahtol kurz Zeit für sie habe. Die Dame lächelt und geht in Richtung Feld, wo Rahtol arbeitet. Kurze Zeit später ist er schon zur Stelle und fragt, ob alles geschmeckt habe. Alle bejahen und Silke geht einen Schritt auf Rahtol zu: „Nochmals vielen Dank für alles. Es ist so: Wir wollen nach Schotterhausen und haben, wie ihr festgestellt habt, ziemlich viel Gepäck, welches leider nicht sehr leicht ist. Die Vorräte werden auch langsam knapp und nach Schotterhausen ist es noch ein ganzes Stück. Könnt ihr uns mit Verpflegung, Wasser und einem oder zwei Karren helfen? Bezahlen können wir euch mit Rüstungsteilen, Waffen und dem Geld der besiegten Soldaten." Alle machen ihre Taschen auf und Rahtol wirft einen Blick darauf.

„Wartet mal kurz"; Rahtol geht zum großen Haus neben der Scheune und bringt einen jungen Mann mit. „Das ist Sepp, mein Sohn. Er kennt sich damit aus, was man wo verkaufen könnte. Sepp schau, was wir zum Tausch gegen das, was ich dir erzählt habe, nehmen können." Er nickt, durchsucht alles und zieht zwei Helme und zwei Kurzschwerter aus den Taschen. „Das wäre brauchbar, Vater. Das könnte ich beim

Tauschhändler aus Euronia bestimmt zu gutem Geld machen." „Ich danke dir, mein Sohn." Sepp nimmt alles mit und verschwindet wieder im Haus. „Dann lasst mich mal jemanden holen, der euch die Karren und die Verpflegung bringt."
Das Team stimmt zu und wartet am Frühstückstisch, an dem Alex noch ein Stück Wurst verspeist.

Es dauert nicht lange, bis der kleine Junge von vorhin und eine Frau mit zwei einfachen, aber stabilen Holzkarren vorbeikommen. Einer der Karren ist mit Wasser und ausreichender Verpflegung gefüllt.
Das Team schaut sich alles an und ist mehr als begeistert. Diesmal kommt auch Daniel zu Wort und bedankt sich für alles, was Rahtol seinem Team Gutes getan hat. Rahtol nickt und wünscht der Gruppe alles Gute und viel Erfolg bei ihrer Reise. Alle winken und die Truppe macht sich auf in Richtung Osten – nach Schotterhausen.
Der Weg dorthin ist gut ausgebaut – perfekt für die beiden Karren. Silke und Alex haben sich für den heutigen Tag bereit erklärt, die Karren zu ziehen, wobei Alex den mit Waffen bestückten zieht. Die einzigen, die ihre Waffen selbst tragen, sind Flo, Elke und Tanja.
Leider hat Tanja nur normale Pfeile und kann mit nur *einem* gezielten Schuss den Feind zur Strecke bringen. „Geduld", sagt Elke. Vielleicht kann mir Gandulf, der hoffentlich noch da ist, einen passenden Spruch beibringen, der deine Pfeile immer vergiften kann."
Tanja nickt und das Einzige, was das Team auf dem

langen Weg sonst noch hört, ist das Knarzen der Karren.

„Ich hoffe, dass es sich lohnt, nach Schotterhausen zu gehen. Es ist wirklich ein langer Umweg dorthin", spricht Daniel. Wir sind jetzt schon wieder eine Weile unterwegs und man sieht hier niemanden auf den Straßen. Bist Du sicher, dass wir hier richtig sind, Tanja?" „Eigentlich schon", antwortet Tanja und schaut nochmals auf ihre Karte. „Da hinten müsste eine lange Brücke kommen. Dann sollte es auch nicht mehr so weit sein. Spätestens Morgen sind wir da." „Was, erst Morgen?", erwidert Flo ungläubig. „Ich will nicht wieder auf dem Boden schlafen, sondern zumindest auf Stroh, so wie in der letzten Nacht."

Alex wendet sich an Flo: „Ach Flo. Jetzt maule nicht. Sonst kannst du dich in den Karren zu den Waffen legen. Du musst nur aufpassen, dass die Axt nicht dein Ohr abschneidet" und lächelt den anderen zu.

Zur selben Zeit versammelt sich der König mit seinen Beratern in einem großen Saal, in dem sich eine gigantische Karte seines Reiches über den ganzen Tisch erstreckt.

„Glaubt ihr wirklich, dass es sich hierbei um eine Bedrohung handelt, Eure Majestät? Es sind doch nur ein paar Männer gewesen – vermutlich ein paar Räuber, die leider gegen die Soldaten gewonnen haben", spricht einer der Berater.

„Das stimmt, mein König. Ich würde es erstmal dabei belassen, denn dies ist in der Nähe von Münzberg geschehen. Ich bedaure, dass dies den Soldaten passiert ist, aber solange so etwas nicht nahe Scheckstadt geschieht, brauchen wir wohl keine Bedenken haben."

Der König steht auf, betrachtet seine Karte und spricht zu allen in der Runde: „Jetzt hört mal zu! Wir sollten die Patrouillen ab Scheckstadt bis Edelheim verdoppeln, bis wir Klarheit über diesen Zwischenfall haben. Sendet Späher in sämtliche Ortschaften. Nur so kann gewährleistet werden, dass wir immer auf dem Laufenden sind und keine böse Überraschung vor der Topasburg erleben. Wir treffen uns ab jetzt alle drei Tage!"

Die Berater stimmen über diese Idee einvernehmlich ab und machen sich auf den Weg, damit all das passieren wird, was der König befohlen hat.

Am späten Nachmittag macht die Kriegergruppe eine kleine Pause am Marksee. Alex, Flo und Daniel schauen sich nur kurz an, ziehen sich aus und springen ganz spontan ins verlockende kühle Nass und freuen sich, endlich den miefigen Geruch loszuwerden. Währenddessen überlegen sich die Frauen, wie lange die Männer wohl brauchen würden, damit sie selbst mal entspannt ins Wasser könnten. Silke geht zu ihrem Bruder, der gerade untertaucht und blubbernd mit den Armen fuchtelt. Sie vereinbaren, dass zuerst die Männer ihren Spaß haben sollen, während die Frauen die Lage und das Hab und Gut im Blick haben. Als die Männer freudestrahlend aus dem Wasser steigen, sind die Frauen dran, den Reinigungsprozess zu genießen.

Als alle entspannt aus dem Wasser kommen, freuen sich die Männer über das Feuer, welches Elke mit einigen Zaubersprüchen entzünden konnte und das die Kleidung ist in kurzer Zeit gut trocknet. Tanja fragt, ob sie hier über Nacht am See bleiben oder doch direkt weiter nach Schotterhausen marschieren sollten. Die Mehrheit ist für das Übernachten am See. Alle erzählen sich nacheinander ein paar Geschichten aus ihrem Leben. Besonders interessant finden sie die Geschichten von Elke mit ihren Magiekünsten; sie sind außerordentlich faszinierend – die Zeit vergeht wie im Fluge. „Ich glaube, wir sollten noch einen Happen zu uns nehmen, bevor wir uns hinlegen", rät Silke und kramt im Karren herum. Sie packt Wurst, Käse und Brot aus. „Flo, dieses Mal musst du nichts aufteilen. Bauer Rahtol hat es schon schneiden lassen. Du kannst dein Küchenmesser, welches sich Dolch nennt, bei den starken Waffen liegen lassen." „Danke, Silvi, du bist genauso freundlich wie Alex. Es kommt nicht immer auf die Größe an", grummelt Flo und schnappt sich ein Stück vom herzhaften Käse. „Ach, Flo! Wir machen doch nur Spaß. Wir wissen, wozu du fähig bist!" Silvi gibt Flo ein kleines Küsschen auf die Wange, der sich danach lächelnd einen Platz zum Schlafen sucht.
Die Nachtwache übernimmt heute Daniel, der bereits mit seinem Schwert auf dem mit Essen gefüllten Karren sitzt.

Er schnappt sich eine Wurst, um wach zu bleiben. „Morgen erreichen wir Schotterhausen. Ich wünsche euch eine gute Nacht", gähnt Tanja und alle befinden sich nach kurzer Zeit im Land der Träume.

-Montag-
Am nächsten Morgen werden alle von Daniel auf gemeine Weise geweckt: Er kippt allen eiskaltes Wasser ins Gesicht. Elke und Alex haben Glück, denn der laute Aufschrei von Silvi rettet sie vor dem überraschenden Wasserangriff.
„Du bist echt ein blöder Arsch, Daniel! Eigentlich sollten wir dich hochkant in den See werfen", brüllt Tanja; mit schnellen Schritten geht sie auf Daniel zu. Er versucht, vor Tanja zu flüchten, stolpert und fällt mit dem Kopf in eine Matschpfütze. Die anderen können sich das Kichern nicht verkneifen – Elke aber hilft ihm aus dem Dreck.
Nach dem leckeren *Vesperkarren-Frühstück* geht es für die Gruppe weiter in Richtung Schotterhausen.
Bruder und Schwester haben sich bereit erklärt die Karren bis dorthin zu schieben. Dafür gönnen sie sich erst einmal einen Schluck Bier aus dem Fass.
Nachdenklich sagt Flo: „Hoffentlich werden jetzt keine Soldaten in unsere Sichtweite kommen. Schotterhausen liegt nicht mehr im Reich des Königs, oder?" „Richtig, Flo, die Stadt liegt zum Glück außerhalb seines Gebiets." „Ich bin mir aber nicht sicher, ob er sie vielleicht eingenommen hat. Der König ist leider unberechenbar geworden", meint Tanja. Sie deutet gen Osten.

„Könnt ihr die Spitze des Kirchturms sehen? Es ist nicht mehr weit. Bis dahin dürfte wohl nichts mehr passieren." Tanja behält Recht – die Stadt rückt immer näher. Doch Schotterhausen ist von einem tiefen Wassergraben umringt; es gibt nur jeweils einen Eingang an der Ost- und Westseite, der von je zwei Personen streng bewacht wird.

Elke sagt überzeugt: „Lasst mich mit den Herrschaften reden und gebt mir etwas Geld mit. Silke gibt ihr einen der kleinen Geldbörsen. Elke marschiert zielstrebig zu den Stadtwärtern. Die anderen sehen nur, wie sie mit ihnen spricht und auf die Gruppe zeigt. Das Gespräch geht lange. Zum Schluss gibt sie den Beiden noch einige Münzen und ruft dann alle herbei, um mit ihnen zusammen die Stadt zu betreten.

„Ich hoffe, es gibt hier ein gutes Wirtshaus", brummt Alex. „Wir werden bestimmt etwas finden, das deinen Wünschen entspricht", sagt Daniel. „Was hast du denn noch alles mit den Wächtern besprochen, Elke?", fragt Flo. „Flirten kannst du nämlich auch ein anderes Mal!" Elke lächelt: „Nein, nein, Flo. Ich habe auf diese Weise noch viele Informationen sammeln können. Wir haben Glück, dass die Stadt noch nicht unter dem Einfluss des Königs Topas steht. Aber sollen wir nicht alles in Ruhe beim Essen besprechen? Da vorne befindet sich das schicke Gasthaus *Zum Bronzeteller*. Das Gute ist hier auch, dass alles ziemlich günstig ist. Hier gibt es nämlich keine Wegesteuer."

Im ausgewählten schicken und rustikalen Gasthaus gibt es viel Platz, sodass alle problemlos an einem einladenden Tisch sitzen können. Die zwei Karren passen glücklicherweise auch durch die breite Tür. Der Kellner kommt unverzüglich und sie bestellen wieder schöne Schnitzel. Alex will einen deftigen Schweinebraten, aber da er den schweren Karren schieben musste, sagt niemand etwas dagegen.

„So, liebe Elke", fordert Silke. „Jetzt erzähl' uns doch mal, was du mit den Wächtern so alles besprochen hast. Da das Gespräch ja ziemlich lange gedauert hat und du gerade nur mit einem Lächeln unterwegs bist, muss es doch wirklich gut gewesen sein."

„In der Tat", antwortet Elke. „Zum Glück sind wir hierhergekommen. Der Alchimist Gandulf ist nämlich noch hier und es sollte möglich sein, dass er mich als Schülerin aufnimmt. Zusätzlich gibt es hier ein Trainingslager für Waffen aller Art. Es laufe allerdings gerade nicht so gut, aber wenn ihr euch zu sechst anmeldet, bekommen wir bestimmt einen guten Preis. Ich spreche mal mit Gandulf. Wenn wir für ein paar Wochen in der Stadt bleiben, können wir unsere Fähigkeiten in allen Punkten verbessern."

Als alle auf die guten Nachrichten anstoßen, denkt Flo nebenbei über die finanzielle Lage nach.

„Das Geld sollte zwar erst einmal reichen, aber wir müssen unbedingt überlegen, wo wir hier etwas verdienen können. Silke, frag du doch mal den Kellner, ob er weiß, was wir dahingehend tun könnten."

„Warum machst du das nicht selbst? Nur weil es keine Kellnerin ist oder was?!?", kontert Silke und sieht Flo dabei schräg an. Nachdem er seinen Hundeblick eingesetzt hat, verdreht sie nur die Augen, steht auf und geht zum Kellner.

Flo wirft ihr noch einen Handkuss zu, aber Silke nimmt ihn nicht mehr wahr.

„Glaubt ihr, Silke will ihr restliches Schnitzel noch haben? Es wäre doch schade, wenn es kalt würde", fragt Tanja in die Runde. Alex grinst und antwortet: „Ich würde es nicht riskieren. Sie hat mir mal einen Finger gebrochen als ich ihre Schokolade gegessen habe. Bestell' dir lieber noch etwas. Dann bist du auf der sicheren Seite."

Tanja greift schon während ihrer Frage mit der Gabel nach dem Schnitzel, zieht diese aber nach der Warnung von Alex ruckartig zurück. „Willst du jetzt nichts mehr?", fragt Daniel. „Danke, mir ist der Appetit vergangen", erwidert Tanja leise. „Wusste nicht, wie übel Silke drauf sein kann, wenn es um ihr Essen geht."

Einige Zeit später sitzt Silke mit einem Blatt Papier auf ihrem Platz und betrachtet ihr lauwarmes Schnitzel. „Wundert mich, dass ihr es nicht aufgegessen habt. Jetzt ist es schon fast kalt. Tanja, willst du noch ein Stück haben?" Elke prustet das halbe Bier über den Tisch; Silke versteht nicht, warum alle – außer Tanja – anfangen zu lachen. „Nein danke, Silke. Du darfst es gerne essen", antwortet Tanja knapp.

Nachdem Silke bezahlt hat, gehen sie nach draußen. Sie entdecken eine lange Bank entlang des Flusses. Alle sind sich einig, dass dies ein idealer Ort sei, sich sämtliche Informationen von Elke einzuholen. Zum

Glück sind nur sehr wenige Menschen unterwegs, sodass Silke in Ruhe erzählen kann. „Also, es gibt eigentlich nur gute Nachrichten: Das Trainingslager scheint mehr als perfekt für uns zu sein. Dort erhält man sogar eine günstige Unterkunft und Verpflegung. Zudem wird alles professionell trainiert: von Flos Buttermesser über Axt, Schwert bis hin zu Pfeil und Bogen – selbst der waffenlose Nahkampf! Flo schaut wegen des kleinen Witzes keineswegs böse, sondern hört, wie die anderen, weiter gespannt zu. „Wir können gleich rüber gehen, das Trainingslager hat nämlich von früh bis spät geöffnet. Aufgrund der Größe und des Geräuschpegels liegt es etwas außerhalb der Stadt. Und, Elke, bevor deine Frage bezüglich Gandulf kommt: Er hat sein *Alchemielabor* gleich um die Ecke beim Trainingslager. Vater und Tochter leiten es. "

Jetzt kommt auch Silvi zu Wort: „Eine Frage, Silke: Konntest du herausfinden, wie wir an Geld kommen? Silke kramt ihren Zettel hervor, während die anderen bereits erahnen, was kommt. Schmunzelnd spricht sie: „Also, es gibt in der Tat einige Bewohner der Stadt, die oft Hilfe benötigen. Alex und Daniel: Ihr seid kräftig und deshalb fragt ihr bei der Schmiede nach. Flo und Tanja: Ihr seid Frühaufsteher und dürft deshalb in der Bäckerei helfen." „Das stimmt doch gar nicht, Silke", mault Tanja, „so früh kann ich nicht aufstehen." „Tja, dann lernst du es jetzt, Tanja! So, und nun darf Elke ihre kleinen Zaubertricks im Kindergarten vorführen." Elke stimmt zu. „Silvi und ich werden direkt im Camp nachfragen. Vielleicht können wir beim Auf- und Abbau

mithelfen." – „Also, worauf warten wir noch?", drängt
Alex. „Meine Klinge dürstet nach effektivem Training" –
„Nicht so schnell, Bruderherz. Zuerst klärt ihr das mit
euren Minijobs ab. Silvi und ich treffen euch dann vor
dem Trainingslager. Wir beide nehmen auch die
unheimlich schweren Karren, die nur große starke
Männer nehmen können, gelle? Wir versuchen es
trotzdem – verlauft euch nicht!" Während Silke und
Silvi zusammen gen Osten spazieren, trennen sich die
anderen, um nach einer Bäckerei, einem Kindergarten
oder einer Schmiede Ausschau zu halten.

Flo und Tanja haben den kürzesten Weg; sie steuern
die nächste Bäckerei an. Tanja starrt nach oben: „Die
große Aufschrift *Goldweck* und die Brezeln links und
rechts kann man wohl kaum übersehen." Flo meint
dazu: „Die liefern bestimmt auch in andere kleine
Dörfer rings um Schotterhausen", und zeigt auf die
Pferde und Wägen, die mit Backwaren beladen
werden. Da werden wir zwei bestimmt etwas finden.
Also, Tanja, es gibt bestimmt nicht viele, die gerne so
früh aufstehen, oder?" Tanja seufzt, verdreht die
Augen und murmelt leise: „Ja, so viele Blöde kann es ja
gar nicht geben". – „Eins noch", wirft Flo ein: „Wenn es
eine Verkäuferin ist, spreche ich mit ihr. Die
männlichen Verkäufer gehören dir." Bevor Flo die Tür
öffnen möchte, entdeckt er einen Zettel mit der
Aufschrift: „Nächtliche Aushilfskräfte gesucht".
Gentlemanlike hält Tanja die Tür auf. Als sie die
Bäckerei betreten, kommt ihnen der Duft von Brötchen
und frisch gebackenem Brot entgegen. Aufgrund des

Glöckchenklingeln an der Eingangstür kommt eine Verkäuferin hinter dem Vorhang hervor. Sie lächelt freundlich und fragt: „Was kann ich für euch tun?" Tanja dreht sich zu Flo und schmunzelt leicht, was so viel heißt wie: *Dafür bist du zuständig!* Flo geht auf die nette Bedienung zu und lächelt sie ebenfalls an. Es dauert eine Weile, bis er von den Komplimenten über ihre Schönheit zum Wesentlichen kommt. Er spricht mit leichter Stimme: „Wir haben gesehen, dass sie noch Aushilfskräfte suchen, und würden uns sehr darüber freuen, bei ihnen arbeiten zu dürfen. Wir sind auch gerne bereit, die Nachtarbeit bis zum Morgengrauen zu übernehmen." Flo zeigt ihr nebenbei weiterhin sein schönstes Lächeln. Sie lächelt nett zurück und antwortet: „Dazu muss ich kurz den Meister holen." Sie verschwindet hinter dem Vorhang.

Elke hat den Kindergarten erreicht. Sie musste nicht einmal nach dem Weg fragen, sondern einfach nur dem Kindergeschrei folgen. *Der Kindergarten geht aber ziemlich lange, es ist ja schon Mittag vorbei*, denkt sich Elke und betritt das Gebäude. *Drinnen ist der Geräuschpegel noch höher als gedacht*, stellt Elke fest. Sie geht den langen Gang entlang, in welchem links und rechts gemalte Kinderbilder hängen oder zum Teil direkt an die Wände gekritzelt wurden. Elke sieht an einer Tür die Aufschrift „Sekretariat" Sie klopft zweimal und öffnet die Tür.

Alex und Daniel finden nach langer Suche endlich die *Silberhammer*-Schmiede. „Die haben wohl gerade

Pause –man hört ja gar keine Schmiedegeräusche",
meint Daniel. „Wir setzen uns einfach mal auf die
Ambosse und warten ab", erwidert Alex. „Gute Idee!
Ich habe grad sowieso keine Lust mehr auf die
Lauferei", stimmt Daniel zu. Die beiden machen es sich
gemütlich. Kurze Zeit später ertönt ein lauter
Glockenschlag, der offensichtlich die Pause beendet.
„Da, schau mal, Alex. Die Pause ist vorbei. Man erkennt
es an ihren Hemden, die mit Soße bekleckert sind",
grinst Daniel. Alex blickt zu den Bierkrügen und meint
voller Begeisterung: „Die trinken Bier bei der Arbeit.
Die Arbeit gefällt mir jetzt schon!" „Lass' uns mal gleich
den Meister suchen. So gute Aushilfen wie uns werden
sie bestimmt nicht mehr finden."
Silke und Silvi liegen auf der Wiese und überlegen zum
Lager zurückzugehen. Als sie gerade am Aufstehen sind,
kommen Elke, Flo und Tanja zu ihnen. Etwas später
kommen auch Daniel und Alex.
„Ich hoffe, ihr habt nur gute Nachrichten für uns.
Irgendjemand wird doch Erfolg bei der Jobsuche gehabt
haben?", fragt Silke und schaut in alle Gesichter, die
größtenteils keine schlechte Miene zeigen; bis auf
Tanja: Sie schaut etwas zornig. Flo beginnt mit absolut
guter Laune von seinem Erlebnis zu berichten: „Also wir
können in der *Goldweck*-Bäckerei arbeiten. Die
Arbeitszeit gefällt Tanja natürlich nicht. Wir sollen
nämlich Montag bis Freitag von 4 Uhr bis 7 Uhr die
Backwaren an die Lieferanten verteilen und danach
noch den Laden putzen." Bei diesem Satz wäre Tanja
fast ausgerastet, aber Flo kann sie noch rechtzeitig
beruhigen. Die anderen wollen trotzdem wissen, wieso

Flo so gut gelaunt ist. Er errötet leicht: „Nun ja, dort ist eine so nette Verkäuferin. Sowas habe ich schon lange nicht mehr gesehen. Deshalb hoffe ich, dass wir lange hierbleiben werden."

Nun ist Elke an der Reihe: „Beim Kindergarten war es auch kein Problem. Ich kann jeden Montag bis Mittwoch immer von 11 bis 13 Uhr ein paar kleine Zaubertricks vorführen. Ich hoffe nur, dass das Geschrei nicht zu laut sein wird."

Daniel spricht für die dritte Gruppe: „Wir haben auch eine Arbeitsmöglichkeit. Während Alex von 9 bis 12 Uhr am Amboss arbeiten soll, darf ich die Schmiede regelmäßig fegen. Sie meinten, ich sei nicht stark genug."

„Ach, mach dir nichts draus, Daniel. Ich darf mit Tanja Brötchen jonglieren. Dafür schwingst du den Besen. Wenn wir mit dem Training fertig sind, schwingen wir Dolch und Schwert besser als jeder andere!" „Da hast du Recht, Flo. Aber jetzt hoffen wir erst einmal, dass wir im Trainingslager genauso viel Glück haben wie mit unseren Nebenbeschäftigungen."

Sofort machen sich alle auf den Weg zum Trainingslager. Elke freut sich tief im Inneren sehr darauf, den mächtigen Gandulf persönlich kennenzulernen Und sagt: „Hoffentlich nimmt er mich als Schülerin auf. Am Ende bin ich noch zu untalentiert für solch mächtige Zauberei!?" Flo klopft Elke sanft auf die Schulter und meint: „Ganz locker, Elke; erstens beherrschst du schon einiges in der Kunst der schwarzen Magie und zweitens bezahlen wir ihn recht gut." Die anderen muntern sie ebenfalls auf. Elke lächelt beseelt, während Sie das große Tor des Trainingslagers erreichen.

Sie läutet die große Glocke an der Pforte. Kurz darauf öffnet ein kräftig gebauter älterer Herr die schwere Eisentür und erkundigt sich nach ihrem Anliegen. Silke stellt sich vor und spricht ihn auf eine Anmeldung zum Training für die gesamte Gruppe an. „Ich denke, wir bekommen euer Training bei uns problemlos hin." Der Mann bittet alle zum nächstgelegenen Haus. Dort angekommen nehmen sie an einem großen Tisch Platz, während er allen etwas zu trinken besorgt. „Nein, Alex! Er wird uns bestimmt kein Bier bringen", flüstert Silke leise. Als der Herr jedoch mit allerhand Getränken zurückkehrt, grinst Alex und greift sich gleich einen der Bierkrüge. Silke schüttelt den Kopf, entschuldigt sich für das Verhalten ihres Bruders und nimmt sich ein Glas Wasser. Nun berichtet jeder in gemütlicher Runde von seinen Stärken im Kampf. Als Elke an der Reihe ist, erzählt sie von ihren Magiekünsten. „Ich will mich aber auch dann verteidigen können, wenn mir mal kein passender Spruch einfallen sollte. Aber zuvor muss ich Gandulf darum bitten, mir noch einige Sprüche und Künste beizubringen." – „Das trifft sich gut, denn der große Zauberer kommt heute noch vorbei"; der ältere Herr trinkt seinen Krug in einem Zuge aus. „Gerne stelle ich euch Ingrid vor. Sie übernimmt das Training der Frauen. Für die Männer kann ich René empfehlen." „Das klingt sehr gut – vielen Dank!", antwortet Flo. „Damit wir uns das alles leisten können, haben wir uns ein paar Minijobs in der Stadt organisiert. Ich hoffe, wir bekommen zeitlich alles unter einen Hut. Falls ihr noch jemanden braucht, der euch bei unangenehmen Dingen wie Aufräumen oder Putzen helfen soll, stellen sich Silke und Silvi gerne zur Verfügung. Das wäre sogar noch ein zusätzliches Training für euch beide", grinst er; beide Damen erheben die Faust. „Ich denke darüber nach", meint der ältere Herr, „Übrigens könnt ihr mich auch gerne Herbert nennen. Ich denke, wir werden uns jetzt öfter hier sehen", lächelt er und klopft Daniel so kräftig auf den Rücken, dass er fast umfällt. „Oje", seufzt Herbert und kratzt sich am Kopf. „Ich sehe, dass noch viel getan werden muss, damit ihr eine Chance gegen den König habt. René und Ingrid sind wohl noch kurz in der Pause. Sollen wir in dieser Zeit nicht lieber unseren Rundgang im Pausen- und Übernachtungsraum starten? Dann kann ich sie euch kurz vorstellen. Lasst eure Karren ruhig hier stehen. Die werden euch später zum Schlafraum gebracht." Da sagt niemand *nein* und alle folgen ihm in eine große Halle – in die Kantine.

Dort kommt ihnen ein leckerer Duft von Fleisch entgegen. „Glaubst du, wir können hier noch etwas essen, bevor wir mit dem Training beginnen?", flüstert Alex Silke zu. „Es duftet so unheimlich gut. Bestimmt haben die auch gutes Bier". Silke hält sich die Hand vor die Augen und schüttelt abermals den Kopf. Die Halle ist mit vielen Waffen an den Wänden dekoriert. Daneben sind zahlreiche Trophäen und Urkunden zu sehen. Tanja wirft einen Blick auf die Namen. Sehr oft steht dort *Herbert, Ingrid* oder *René*. „Ihr müsst uns wirklich eure besten Kämpfer zur Verfügung gestellt haben", spricht Tanja. Die meisten aktuellen Siege sind von Ingrid und René. „Ich habe mit Turnierkämpfen vor Jahren aufgehört", erklärt Herbert von sich aus. „Ich bin eben auch nicht mehr der Jüngste, aber Ingrid und René halten den guten Ruf unseres Trainingslagers aufrecht." Er dreht sich Richtung Ende des Ganges und zeigt auf die beiden, die gerade ihre Mittagspause beenden. „Könnt ihr beiden mal kurz bei uns vorbeikommen? Ich möchte euch jemanden vorstellen." Gesagt, getan. Sie bringen ihr Tablett zur Essenausgabe und gehen auf die Gruppe zu. „Hier sind die neuen Trainingskandidaten. Ingrid, du trainierst die Damen und du René, kümmerst dich um die Herren. Ihr habt jetzt noch Zeit, euch gegenseitig vorzustellen, bevor ihr mit dem Training beginnt. Bitte macht mit jedem einen entsprechenden Zeitplan aus und klärt ab, wer was trainieren möchte. Silvi und Silke, seid ihr bereit, Anastasia in der Küche zu helfen und die Mahlzeiten zu servieren? Abräumen und Spülen gehört natürlich auch dazu. Glückwunsch zu eurer wertvollen Aufgabe!", lacht Herbert und geht zu René und Ingrid, die sich mit den anderen über ihre Trainingspläne und die zeitlichen Abläufe unterhalten. René ruft in die Küche: „Anastasia! Kannst du mir bitte einen Zettel und Stift reichen?" Von dort hört man nur einen Knall, der wie das Fallenlassen eines Kochlöffels klingt. Kurz darauf kommt die Köchin samt Papier und Bleistift aus der Küche. Sie knallt beides mürrisch auf den Tisch: „Kannst du deinen Scheiß nicht selbst holen? Ich habe hier genug zu tun!" und geht zurück in ihre Kochstube. Alex flüstert wieder zu seiner Schwester: „Also, wenn das Essen genauso gut ist wie ihre Laune, muss es wirklich göttlich sein."

René schreibt ihnen die entsprechenden Trainingszeiten auf und reicht die Zettel durch. „Ingrid, könntest du der Gruppe ihre Schlafräume zeigen? Ich habe in zehn Minuten Bogenschieß-Training. Man sieht sich bald wieder!" René macht sich auf die Socken. Jeder betrachtet seinen Trainingsplan und Elke fragt Ingrid: „Gibt es denn keinen Plan für mich? Ich soll doch auch einen kleinen Selbstverteidigungskurs durchführen. „Wir warten erstmal ab, was Gandulf zu dir sagt. Wir finden schon einen Zeitabschnitt für dich. Er sollte eigentlich bald da sein, um sein Mittagessen einzunehmen. Er hat ganz besondere Essenszeiten, also stell' dich schonmal darauf ein, Elke", lächelt Ingrid und gibt ihr einen kleinen Stups. „Sieh mal, da kommt er gerade." Alle blicken zur Tür. Ein älterer Mann mit grauem Bart und Stock geht langsam in Richtung der Tische und macht es sich bequem, während Anastasia in der Küche mit den Töpfen klappert, um Gandulf ein Essen zuzubereiten.

Elke geht, nachdem Ingrid zugestimmt hat, auf den großen Magier zu. Bevor sie etwas sagen kann, dreht er sich zu ihr, steht auf und sagt mit seiner leisen und geheimnisvollen Stimme: „Willkommen, Elke. Wann willst Du mit deinem Training beginnen?" Elke schaut ihn etwas verblüfft an und kann sich sofort vorstellen,

dass er die Telepathie beherrscht. „Sei gegrüßt,
Gandulf. Ich glaube, ihr habt schon sämtliche
Informationen aus mir herausgeholt. Wann wäre es
denn passend für euch?" – „Hier ist euer Essen; lasst es
euch schmecken", sagt Anastasia und stellt ihm
vorsichtig den Teller an seinen Platz. Gandulf fängt
zwar mit dem Essen an, aber Elke hörte ihn in ihren
Gedanken reden. So kann er essen und sich gleichzeitig
mit ihr unterhalten. „Das werde ich dir auch
beibringen. Ich schlage vor, wir treffen uns morgen
gegen 10 Uhr hier beim Frühstück, einverstanden?"
Elke bedankt sich und geht zurück zur Gruppe. Sie freut
sich sehr, beim großen Alchemisten Gandulf
ausgebildet zu werden.
Ingrid zeigt ihnen das gesamte Trainingslager. Am Ende
des langen Ganges sehen sie einen Duschraum; noch
dahinter sind die Schlafräume zu erkennen. „Hier könnt
ihr euch einquartieren. Wasser und spezielle
Trainingsanzüge gibt es hier kostenlos. Dafür müsst ihr
mir eure Konfektionsgröße geben." Silke kichert und
meint „Egal, was Alex sagt. Gebt ihm eine Größe
größer." Nachdem sich Ingrid alles notiert hat,
verabschiedet sie sich von der Gruppe, da sie selbst
noch zum Training muss. „Wenn ihr Fragen habt, dürft
ihr euch gerne an Herbert wenden. Ihr wisst ja, wo er
ist. Ach, und übrigens: Es gibt hier auch eine
Hausordnung. Bitte lest sie gut durch. Herbert kann
ziemlich stinkig werden, wenn man sich nicht an sie
hält. Ich muss jetzt leider los. Fühlt euch wie zu Hause."
Ingrid eilt mit schnellen Schritten davon.

Tanja und Daniel sagen fast synchron: „Lasst uns erstmal duschen und dann sucht sich jeder ein passendes Bett". Niemand widerspricht. Dieses Mal sind erst die Damen und dann die Herren an der Reihe. Flo sagt freudestrahlend: „Gut gemacht, Daniel. Da können wir uns zuerst die Betten aussuchen." Daniel und Alex folgen Flo und schon sind die schönsten Betten ihr Eigen geworden. Die drei legen sich erst einmal gemütlich hin und genießen es, nicht auf dem Boden, auf Stroh oder auf noch Ungemütlicherem liegen zu müssen.

Kaum sind die Männer in ihren Betten, sind sie schon im Land der Träume. Leider nur so lange bis die Damen aus der Dusche zurückkommen und die Herren mehr oder weniger höflich wecken. Mit einem leichten Grummeln begeben sie sich in den Duschraum; ein gesunder Schlaf wäre ihnen lieber gewesen. Kaum sind sie zurück, sehen sie, dass sich auch die Damen ins Traumland begeben haben. Alex hält Daniel fest: „Nein, Daniel. Lass sie dieses Mal schlafen. Wir können bis zum Abendessen auch ein weiteres Nickerchen machen. Bestimmt wird einer von uns rechtzeitig wach." „Ich hoffe es, Alex. Also dann bis später."

Gegen Abend schaut Herbert nach der Truppe und sieht, dass sich alle in einem festen Schlaf befinden. Er schüttelt den Kopf, nimmt einen Eimer und knallt ihn so laut auf den Boden, dass alle schreckhaft aufwachen. Tanja ist vor Schreck aus dem Bett gefallen und Flo kann sich gerade noch halten, damit ihm nicht das Gleiche passiert. „Guten Abend, meine

Herrschaften. Also, wenn ihr so gegen den König antreten wollt, stehen eure Chancen eher schlecht. Aber nun gut. Das Essen wartet auf euch. Ab morgen könnt ihr entweder gegen Aufpreis geweckt werden oder ihr müsst es selbst in die Hand nehmen." Die Antwort darauf ist einfach von den verschlafenen Gesichtern abzulesen. Flo reckt und streckt sich und sagt in die müde Runde: „Also ohne den Weckdienst sind wir verloren. Tanja und ich müssen um vier Uhr in der Bäckerei sein. Übrigens: Vielen Dank für diese tolle Arbeitsvermittlung, Silvi! Elke muss nur zwei Stunden an drei Tagen kleinen Kindern irgendeinen Blödsinn zeigen." „Ach Flo", antwortet Silvi. „Dafür musst du nicht zwei Stunden das Kindergeschrei anhören. Vielleicht kannst du auch mal mit Elke tauschen, aber ich bezweifle, dass du das durchhalten wirst." Flo denkt nur kurz nach: „Okay, Silvi, du hast gewonnen. Außerdem muss sich Elke hauptsächlich mit der Zauberei auskennen. Sonst sieht unser bevorstehender Kampf gegen den König bestimmt schlecht aus. Ich hoffe, du wirst viel bei Gandulf lernen. Wir brauchen dich wie jeden anderen auch. Aber jetzt lasst uns zur Kantine gehen, bevor Anastasia das Essen schneller wegräumt, als sie es gekocht hat." Als sie bei der Essenausgabe stehen, kommt Anastasia energisch zu ihnen und sagt in schroffem Ton: „Könnt ihr nicht pünktlich zum Essen kommen? Ich habe eure Essenzeiten bereits von Ingrid erhalten und wenn ihr nicht pünktlich seid, könnt ihr euch um die fast leeren Teller streiten." Silvi flüstert zu Silke: „Du hast uns beiden den besten Job ausgesucht. Ich hoffe, die

Chefköchin ist bei uns etwas freundlicher."– „Ach, das wird schon, Silke. Du wirst schon sehen" und stupst sie leicht an. „Besser als Tanja und Flo, die früh morgens die Brötchen sortieren dürfen."

An diesem Abend gibt es kalte Platte und jeder kann sich selbst bedienen. Es gibt Brot, Brötchen sowie Wurst und Käse und jeder greift herzhaft zu. „Ich hoffe, es klappt alles so, wie wir es vorhaben", sagt Silvi zu Flo, während sie sich ein Stück Käse abschneidet. „Naja", lacht Flo leise, „Ich glaube, dass Alex erstmal ein viel größeres Problem haben wird. Er muss laut Hausordnung während der Zeit, in der wir hier trainieren, nüchtern sein." Als Silke das hört, prustet sie das getrunkene Wasser zu Boden. „Ob das mein Bruder schafft, kann ich wirklich nicht sagen, aber es sollte ihm rechtzeitig mitgeteilt werden. Wer traut sich?" Die Finger von Flo und Silvi zeigen direkt auf Silke zurück. Sie verdreht die Augen, nimmt noch einen Schluck Wasser und geht direkt zu ihrem Bruderherz und verkündet ihm die Nachricht. Alex schlägt mit der Faust auf den Tisch, sodass alle Teller und Gläser wackeln. „Das ist nicht dein Ernst, Silke. Kann ich wenigstens direkt nach dem Training ein Bierchen kippen?" – „Laut Hausordnung darfst du in der Zeit, in der du hier angemeldet bist, keinen Alkohol zu dir nehmen. Frag doch mal Herbert. Wenn Du Glück hast, erlaubt er dir eine Ausnahme." Alex schnappt sich sein Brot und steht auf. „Das werde ich tun, liebe Schwester. Ich bin gleich wieder da!" Während sich die anderen überlegen, wohin Alex mit seinem angebissenen Brot läuft, erklärt ihnen Silke das Bierproblem ihres Bruders. Flo überlegt und meint: „Sollen wir eine Wette abschließen, ob er Herbert überreden kann? Die Verlierer müssen sich vor den Gewinnern für die Dauer der Trainingszeit jedes Mal tief verbeugen." Alle lachen, finden die Wette aber so toll, dass sie alle einschlagen. Silke, Tanja und Elke glauben beim besten Willen nicht daran, dass Herbert dieser Bitte nachkommt. Daniel, Silvi und Flo hoffen auf die Genehmigung von Herbert und räumen ihr Geschirr ab.

Als Alex vor Herberts Büro ankommt, atmet er tief durch und klopft an. Er hört, dass sich jemand vom Stuhl erhebt und sich der Tür nähert. „Guten Abend Alex, was führt dich zu so später Stunde zu mir?" Herbert bietet ihm einen Stuhl an. Alex versucht, ein paar Sympathiepunkte zu gewinnen und sagt: „Zuerst wollte ich ein großes Lob an die Küche aussprechen. Es schmeckt sehr lecker." Herbert wundert sich darüber, dass er damit noch abends zu ihm kommt. Deshalb fragt er genauer nach: „Das ist schön zu hören, aber irgendwie kann ich mir nicht vorstellen, dass du nur deshalb zu mir gekommen bist" und schaut Alex fragend an. „Ich habe die Hausordnung aufmerksam gelesen und gesehen, dass Alkohol während der gesamten Trainingszeit hier verboten ist. Gibt es eine Möglichkeit, dass ich mir zumindest abends ein kleines Bierchen gönnen kann?" Herbert denkt nach und sieht sich die Urkunden seiner damaligen Turniersiege an. Er erinnert sich an die Zeit, in der er selbst nach dem

Training immer ein Bier getrunken hat. Dann hat sein Großvater, der Gründer des Zentrums, die Anti-Alkohol-Regel eingeführt. Auch nach seinem Tod hat er nie darüber nachgedacht, diese zu ändern. Er wischt sich eine Träne aus dem Gesicht und dreht sich wieder zu Alex. „Okay, pass mal auf Alex, ich mache dir ein Angebot: Du erhältst jeden Tag um 17 Uhr die Chance, mich im Zweikampf zu besiegen. Wenn du mich an zwei Tagen besiegst, musst du dich nicht mehr daran halten, einverstanden?"

Alex schlägt ein. Er kann sich vorstellen, dass er nicht leicht zu besiegen ist, aber was tut er nicht alles für ein leckeres Bier? Er wünscht Herbert einen schönen Abend und geht in den Schlafraum zurück, wo sie schon auf ihn warten. „Na, Brüderchen? Hat er deine Bitte abgelehnt?" Tanja sagt etwas gehässig: „Mensch, Alex. Das Wasser schmeckt doch auch sehr lecker. Du wirst die vielen, vielen Wochen ohne Bier schon überleben."

Alex dreht sich zu Silke: „Tja, Schwesterherz. Ich habe mit Herbert eine Vereinbarung getroffen. Wir werden uns jeden Tag gegen 17 Uhr im Zweikampf gegenüberstehen und wenn ich ihn an zwei Tagen besiegen werde, darf ich abends ans Fass. Das müsste doch zu schaffen sein." Die anderen sechs schauen sich an und fangen an zu lachen, dass auch ihnen die Tränen kommen. Elke muss vor Lachen kurz Luft holen und sagt dann: „Natürlich, Alex. Du glaubst doch wohl nicht wirklich, dass du ihn auch nur ansatzweise besiegen kannst!? Im Leben nicht!" Alle lachen fröhlich weiter. „Lacht nur, wir werden sehen. Er ist auch nicht perfekt. Ich muss nur den richtigen Moment erwischen. Jetzt

sollten wir uns aber langsam hinlegen. Flo und Tanja –
viel Spaß bei eurer Nachtarbeit in der Bäckerei!"
Nachdem sich wieder alle von ihren Lachanfällen
beruhigt und die Wette abgesagt haben, wünschen sie
sich eine gute Nacht und schlafen schnell ein.

-Dienstag-

Um drei Uhr früh werden Flo und Tanja durch ein
leichtes Rütteln geweckt; erstaunlicherweise werden
die anderen nicht ansatzweise wach. Sie nehmen ihre
Kleidung und versuchen, mit einer kalten Dusche wach
zu werden. Als sich die beiden mit einer
Petroleumlampe auf den Weg zur Bäckerei machen,
fällt Flo auf, dass sein Magen knurrt. „Ach Tanja, ich
komme mir vor wie ein hungriger Zombie. Wenn ich es
nicht schaffe, lässt du mich einfach schlafen legst eine
Doppelschicht für mich ein." – „Blödsinn, Flo. Wir
bekommen auf der Arbeit bestimmt einen Kaffee und
eine Brezel. Dann wird alles ganz leicht gehen." Flo
trinkt eigentlich keinen Kaffee, aber in der Situation hat
er überhaupt keine Einwände gegen das schwarze
Zeug. Hauptsache, er bleibt wach.
Sie kommen überpünktlich in der Bäckerei an und
gehen, wie vereinbart, zum Hintereingang. Zum Glück
sind dort schon einige Leute bei der Arbeit und stellen
sich den beiden kurz vor. Dann werden ihnen die
gesamten Arbeitsabläufe erklärt und Tafeln, auf denen
geschrieben steht, wer wieviel erhält, verteilt. Zum
Glück hatte Tanja recht – auf einem Tisch stehen Kaffee
und Backwaren für die Arbeiter bereit.

Flo greift gleich zu diesem ekelhaften Gebräu und nimmt einen Schluck, mit dem er sich den halben Gaumen verbrüht. „Jetzt bin ich wach, Tanja. Nun kann mich nichts mehr zum Einschlafen bringen." „Freut mich, Flo, aber jetzt sollten wir auch langsam anfangen." Tanja schnappt sich die ersten zwei Körbe und befüllt sie mit Brötchen, Brot, Brezeln und sonstigem und übergibt sie an Flo, der sie zu den entsprechenden Kutschen bringt.

Nachdem sie mehr als zwei Stunden alle möglichen Wagen gepackt haben und die Kutscher zu sämtlichen Orten unterwegs sind, machen sie ein paar Minuten Pause, bevor es mit dem zweiten Teil weitergeht. „Auf, Tanja. Fegen wir noch den Laden und dann ist erstmal Feierabend für heute."– „Vergiss nicht, Flo. Wir haben später noch Training. Momentan weiß ich nicht, was anstrengender sein wird." Flo nimmt noch einen Schluck vom Kaffee und beide betreten den Verkaufsbereich, um die Besen zu schwingen.

Kurz vor 7 Uhr haben Tanja und Flo den Verkaufsraum so gründlich gereinigt, dass eine Verkäuferin ihrem Dienstende für heute zustimmt. Sie räumen die Besen und Handfeger auf und machen sich auf den Weg. „Also, Tanja. Abgesehen von der frühen Arbeitszeit ist es kein Knochenjob. Selbst die wöchentliche Bezahlung ist ausreichend." „Ja, du hast Recht, Flo. Jetzt können wir noch ein Frühstück zu uns nehmen und uns dann noch etwas auf's Ohr legen. Ich muss mich erst an diese frühe Arbeitszeit gewöhnen." Beide gehen zurück zum Trainingslager.

Die Wachen an der Ostseite fragen dieses Mal nicht mehr nach dem Passierschein, den sie von der Bäckerei erhalten haben. Nach dem Frühstück gehen beide zu ihren Betten und wecken Alex und Daniel leise, damit Elke, Silvi und Silke noch etwas Schlaf haben können. Leider ist Daniel dabei etwas zu laut und reißt die anderen aus dem Schlaf. Elke grummelt nur: „Ich hoffe, Gandulf bringt mir einen Stummzauber für dich bei, Daniel!" Daniel droht ihr mit dem Zeigefinger und wird etwas lauter: „Hör' bloß auf mit dem Quatsch, Elke. Am Ende wach' ich wegen dir noch als Frosch auf."

Flo meint zu Tanja: „Also ich habe so viel Brot und Brötchen während der Arbeit verputzt, dass ich jetzt nichts mehr brauche. Außerdem hat mir die süße Verkäuferin noch etwas mitgegeben", und reicht Tanja grinsend die Tüte. Sie lacht kopfschüttelnd. „Wenn du so weitermachst, Flo, dann nimmst du die Verkäuferin am Ende des Trainings mit und im schlimmsten Fall schwängerst du sie noch während der Arbeitszeit."

Während sich die beiden in ihre Betten begeben, ziehen sich die anderen fünf an und setzen sich an den Frühstückstisch. Durch das laute Organ von Anastasia, die mit ihrem „Guten Morgen" mehr als deutlich zu hören ist, werden alle endgültig wach. Silke ist froh, dass sie nur in der Mittagsschicht in der Küche arbeiten muss und nicht noch den Frühstücktisch zu richten hat. „Hier ist mittags aber auch einiges los. Ich dachte, es ist momentan wenig besucht". „Weißt du, Silke, vielleicht kommen auch viele nur zum Mittagessen her", antwortet Daniel. „Sie mag zwar laut sein, aber das Essen soll sehr gut schmecken"; Daniel schnappt sich

57

ein paar Scheiben Brot und den leckeren Käse. Alle fünf sind mit dem Frühstück mehr als zufrieden, aber Alex und Daniel müssen sich etwas beeilen und gehen hurtig aus dem Speisesaal. Alex zieht Daniel vom Stuhl, damit er überhaupt aufsteht. Sie verabschieden sich von den anderen dreien und gehen mit schnellen Schritten zur Schmiede. Alex ist froh, dass Daniel die Papiere mitgenommen hat und klopft ihm anerkennend auf die Schulter.

Natürlich haben es beide pünktlich zur Schmiede geschafft. Dieses Mal hört man es schon aus Ferne, dass bereits kräftigt gearbeitet wird. Alex wird vom Meister persönlich in seine Arbeit eingewiesen – er darf die Hufeisen schmieden. Er nimmt die Schürze und schaut dem Meister erst einmal zu. Nach mehreren Versuchen hat er langsam den Dreh raus und schlägt fröhlich auf das Eisen ein. Daniel hat einen Besen, Kehrschaufel und Eimer erhalten und muss den Dreck der Arbeiter regelmäßig in den Kübel befördern. Daniel denkt sich, dass er – im Gegensatz zu Alex – wenigstens einen leichten Job hat. Zudem ist das ein gutes Training für Alex' Schlagkraft. Nachdem Daniel von den Arbeitern mehrmals hergerufen wird, weil er nicht schnell genug die Arbeitsflächen fegt, scheint seine Arbeit doch nicht ganz so einfach zu sein. Hier ist eben Schnelligkeit gefragt; das ist gut für die Kondition.

Elke hat in der Zwischenzeit den Kindergarten erreicht. Das Geschrei ist im Gegensatz zu gestern nicht besser geworden. Es ist sogar noch lauter. „Das kann ja heiter werden", seufzt Elke und betritt den Kindergarten – bewaffnet mit ein paar Karten und viel Geduld. Sie meldet sich im Sekretariat an und wird zur Kindergärtnerin gebracht. Sie trommelt alle Kinder zusammen. Erstaunlicherweise hören die meisten sogar auf sie. Als alle vor Elke versammelt sind, stellt sie sich vor und beginnt mit ein paar kleinen Kunststücken. Zuerst lässt sie die Farben der Bälle verändern, zeigt mit den Karten ein paar Tricks und lässt kleine Dinge schweben. Nach einiger Zeit schauen zwar immer weniger Kinder auf, aber manche sind sehr interessiert.

Silke und Silvi freuen sich zum Teil auf die Arbeit in der Küche. Silke spricht leise, während zur Küche gehen: „Also eins sage ich dir, Silvi: Wenn die mich genauso laut anschreit wie René, muss ich mich wirklich beherrschen, dass mir nicht der Kochlöffel aus meiner Hand fliegt. Ich will wegen ihr kein Tinnitus bekommen." Silke grinst und schupst sie leicht: „Ganz ruhig, Silke. Bevor du ständig ausrastest, bist du lieber für das Auf- und Abräumen im Speisesaal zuständig und ich bleib bei der Tante in der Küche." Sie beschließen dies mit einem Faustschlag und hoffen, dass alles so klappt.
Noch bevor sie die Küche betreten, bekommen sie Haarnetze und weiße Kochjacken verpasst, ergänzt um das Kommando: „Zieht das an!" Silkes Blick wird leicht finster, aber Silvi spricht zu Anastasia in einem ruhigen Ton: „Hallo Anastasia! Ich bin Silvi und würde dir gerne in der Küche helfen und meine Freundin Silke übernimmt die Tische im Speisesaal." Anastasia stimmt

zu und zeigt Silvi, wo alles steht, und erklärt ihr, was es in dieser Woche mittags zu essen gibt. Eine weitere Küchenhelferin geht zu Silke und zeigt ihr alles außerhalb der Küche. „Ich bin Claudi und bin froh, dass ich jetzt eine kleine Hilfe bekommen habe. Sonst musste ich hier alles ganz allein machen. Seid ihr jetzt für immer da?" „Leider nein, Claudi. Aber in der Zeit, in der wir da sind, helfen wir dir so gut es geht." Claudi bedankt sich und geht wieder zurück in die Küche. Silke denkt nur: *Die arme Claudi! Allein mit der Chefin zu arbeiten ist bestimmt nicht einfach* und fängt an, das Geschirr für den Ansturm bereitzustellen. Die Spüle befindet sich vor der Küche, Silke stellt die sauberen Teller direkt daneben ab.

Als Alex und Daniel mit der Arbeit fertig sind, legt Alex schwitzend die Schürze ab und wirft diese in die große Kiste, in der die schmutzige Wäsche gesammelt wird. Daniel nimmt Besen und Feger, um sie in den Abstellraum zu räumen. Beide machen sich auf den Weg zum Speisesaal. Sie freuen sich schon sehr aufs Mittagessen!
„Sag mal, Alex", spricht Daniel: „Hast du die Muskeln der Frau gesehen, die auch in der Schmiede arbeitet? Also der möchte ich nachts auch nicht zu nahekommen. Die zerquetscht einen mit einer Hand." – „Wie kann ich sie übersehen haben, Daniel! Sie heißt Sandra und im Fluchen scheint sie unschlagbar zu sein. Ich glaub, ich weiß, warum mich der Meister neben sie gestellt hat. Sie kommt aus dem Rubeldorf und ärgert sich auch über alles, was der König an Steuern eintreibt. Deshalb

muss sie auch hier arbeiten, damit sie nicht bankrott auf der Straße landet." „Pass mal auf, Alex. Wir sollten dies mit allen heute Abend bereden. Vielleicht haben wir eine Verbündete in der Schmiede gefunden." Die zwei sind sich einig und kommen endlich im Trainingslager an, um erstmal eine Dusche zu nehmen.

Die Zeit vergeht für Elke ziemlich schnell und die Kindergärtnerin bedankte sich für die zwei Stunden Erleichterung herzlich bei ihr. Elke winkt ihr und den Kindern zu und macht sich wieder auf den Rückweg. Sie freut sich schon riesig auf das Treffen mit Gandulf. Elke muss sich aber ziemlich sputen, denn er will bereits um 14 Uhr beginnen und viel Zeit bleibt ihr nicht mehr für das Mittagessen. Sie schafft es aber noch vor dem Zauberer, der noch nicht im Speisesaal angekommen ist und gesellt sich zu den beiden anderen, bis der Magiemeister da ist.
Alex und Daniel müssen sich ihr Lachen verkneifen, als Silke mit dem Haarnetz an ihren Tisch kommt. „Schön siehst du aus, Schwesterherz. Bring uns einfach das, was die Küche hergibt und zum Trinken geht ja aktuell nur Wasser und kein Bier." Silke lächelt sarkastisch und gibt die Bestellung an die Küche weiter. Elke möchte bisher nur etwas trinken.

Sie fragt die beiden, wie ihre Arbeit in der Schmiede gelaufen ist – und die anderen fragen sie. Als die beiden leise von Sandra erzählt haben, meint Elke auch, dass sie das in Ruhe gemeinsam besprechen sollten. Auch wenn hier nicht viele sitzen, weiß man nie, ob irgendwelche Späher des Königs in die Gesellschaft gemischt haben. Schließlich essen hier auch welche zu Mittag, die auf der Durchreise sind.

Elke, hörst du mich? Ich bin es, Gandulf. Ich bin gleich da. Du kannst dich an den hintersten Tisch setzen. Deine Freunde werden es bestimmt verstehen. Elke steht auf und bevor die anderen fragen, was los ist, sagt sie nur leise: „Gandulf sprach zu mir. Er ist gleich da und ich soll mich nach hinten setzen." „Sollen wir es Silke sagen, damit euer Essen vorbereitet wird?" „Ich glaube, Anastasia weiß es bestimmt schon. Ich kann mir vorstellen, dass er auch so mit ihr spricht. Aber ihr könnt es ihr trotzdem gerne sagen." Elke geht zum hintersten Tisch.
Es dauert keine fünf Minuten bis Gandulf hereinkommt; er legt seinen blauen Mantel ab und kommt mit seinem Gehstock auf Elke zu. Er begrüßt sie und nimmt Platz. Kurze Zeit später serviert Silke beiden das Mittagessen. Silke hat sich zwar gewundert, woher Anastasia und Claudi über die plötzliche Anwesenheit von Gandulf Bescheid wussten, aber sie macht sich nicht länger Gedanken und geht ihrer Arbeit nach.
Nach dem Essen verabschiedet sich Elke von Alex und Daniel und geht mit Gandulf zum Alchimielabor, während die beiden Herren in ihre Trainingsanzüge schlüpfen und sich auf den Weg zum Trainingsgebiet machen. „Ich glaube, deine Schwester hat mit der Kleidergröße recht gehabt. Der hier passt dir doch perfekt." „Das stimmt, Daniel. Aber ich kann es nicht zugeben, dass sie meistens recht hat."

Als die beiden am Trainingsort angekommen sind, werden sie bereits von René erwartet. „Willkommen, ihr zwei. Schön, dass ihr es geschafft habt." René betrachtet sie von Kopf bis Fuß. „Die Anzüge passen euch perfekt und ich weiß, mit welchen Waffen ihr trainieren wollt. Folgt mir!" René zeigt ihnen im Schuppen eine Menge an Waffen aus Holz. „Wir haben sämtliche Waffen aus Holz in den verschiedensten Größen und Gewichten. Vergleicht diese mit euren echten Waffen und markiert sie, indem ihr ein kleines Bändchen daran befestigt." René gibt ihnen ein farbiges Bändchen und sie machen sich auf die Suche nach einer passenden Axt und einem Schwert. Daniel ist von dem großen Holz-Waffenarsenal zutiefst fasziniert und es dauert nicht lange, bis er ein Schwert gefunden hat, das dem Original sehr ähnelt.

Zur selben Zeit kommen auch Elke und Gandulf an. Mit wenigen Worten öffnet er die Tür mit Zauberei und bittet Elke höflich herein. Zuerst bemerkt sie den wundersamen Duft. Das Haus erscheint von außen viel kleiner, als es in Wirklichkeit ist. Elke folgt Gandulf die Wendeltreppe nach unten in den Keller; dort erleuchtet er den Raum mit einem weiteren magischen Spruch. „So, liebe Elke. Jetzt erkläre mir mal ganz ausführlich all das, was du von mir wissen willst und wie viel Zeit uns bleibt. Ich habe nur den Teil deiner Gedanken geholt, der für mich wichtig ist." Elke findet es weiterhin ungewöhnlich, dass sie mit Gandulf reden muss, während er per Telepathie kommunizieren kann.

Daraufhin meinter: „Ich glaube, wir fangen mit der Telepathie an. So können wir uns auch unterhalten, wenn wir nicht in unmittelbarer Nähe sind. Elke stimmte ihm zu und erzählt alles, was sie für die Reise braucht und wissen möchte. Nach der ausführlichen Schilderung streicht sich Gandulf langsam über seinen langen Bart: „Ihr verlangt recht viel in sehr kurzer Zeit. Aber ich weiß ja auch, wofür ihr das alles benötigt. Ich schlage deshalb vor, dass ihr auch an jedem Wochenende bei mir vorbeikommen könnt."

Elke schaut etwas zerknirscht: „Das ist wirklich sehr nett von dir, aber ich weiß nicht, ob wir uns das überhaupt leisten können." Gandulf steht auf, holt beiden einen schwarzen Tee und spricht mit einem Lächeln: „Du und dein Team, ihr habt eine reine Seele und euer Ziel ist nicht leicht zu erreichen. Für euch mache ich das umsonst. Ich kann mir sehr gut vorstellen, dass ihr das Ziel erreichen könnt." Elke fühlt sich durch das großartige Angebot zu Tränen gerührt und bedankte sich zutiefst. „Also, Elke, dann lass' uns mal beginnen."

Tanja, Flo und die beiden aus der Küche treffen sich kurz vor 17 Uhr am Trainingsplatz, wo René und Ingrid bereits auf sie warteten. Da es drei Frauen und ein Mann sind wird zunächst besprochen, wer mit wem trainiert. Die Teams teilen sich auf und suchen sich ihre Waffen aus. Tanja hat allerdings ihren Bogen im Zimmer vergessen und legt deshalb eine Zusatzrunde ein. Nachdem sie wieder mit ihrem Bogen zurück ist, kann das Training beginnen.

Am Abend erzählen alle von ihrem Training. Elke sagt stolz zu den anderen, dass Gandulf ihr das Training kostenlos angeboten hat. Flo berichtet, dass das Training mit René wirklich gut verlaufen ist und Tanja nebenbei viele gute Schießübungen mit Pfeil und Bogen absolviert hat. Silke ist leicht bedrückt: „In der Küche zu arbeiten ist weitestgehend auch okay, aber ich mache mir wirklich ernsthaft Sorgen um die Küchenhilfe Claudi. Sie muss ganz allein so vieles erledigen. Sie ist über unsere Hilfe überglücklich, aber wenn wir nicht mehr da sind, wird sie bestimmt durchdrehen." Alex fragt Silke: „Aber Herbert sieht doch, dass Hilfe gebraucht wird. Sonst hätte er euch nicht in die Küche gesetzt, oder?" „Das ist richtig, Alex, aber er meint, dass eine Person neben Anastasia reichen sollte. Wie war eigentlich dein Kampf gegen Herbert?" Alex zeigt seine blauen Flecken am Arm. „Na ja, könnte besser gelaufen sein! Ich gebe aber nicht auf und eines Tages schaffe ich es, dass ich wieder ein leckeres Bier mein Eigen nennen kann." Alex und Daniel geben sich einen Faustschlag. Darauf spricht Daniel in die Runde: „Ich werde mich mit Sandra öfter mal besprechen und versuchen, dass sie mit uns kommt. Wir können jeden Mann und jede Frau gebrauchen." Tanja sagt leicht gähnend: „Das ist eine sehr gute Idee, Daniel, aber pass' nur auf. Die gegnerischen Schergen lauern leider überall." Flo und Tanja wünschen allen eine gute Nacht und begeben sich in ihre Betten, während sich die anderen noch über Sandra und das Training unterhalten.
Viele Tage verstreichen

–Sonntag-
Im Laufe des Vormittags sind dann alle endlich wach
und versuchen, noch ein Frühstück bei Anastasia und
Claudi zu bekommen. Sie haben Glück: Claudi hat
etwas zur Seite gestellt. „Anastasia ist gerade nicht da.
Packt es euch ein und esst es woanders. Wenn sie das
mitbekommt, bekomme ich viel Ärger." Silvi bedankt
sich bei Claudi. Sie packen alles ein und frühstücken
hinter einem großen Lagerraum des Trainingscamps.
Während sich die Gruppe über das ausgiebige Essen
hermacht, sagt Alex zu Silke und Silvi: „Claudi, tut mir
wirklich leid, dass du alles allein machen musst. Ihr
habt doch gesagt, dass sie eine Schwester hat, die auf
Jobsuche ist, oder?" Nachdem Alex dies gehört hat,
überlegt er kurz, steht auf und verabschiedet sich von
den anderen und geht in Herberts Büro.
Er ist gerade dabei, die Abrechnungen seiner
Mitarbeiter zu erledigen, als es an seiner Tür klopft.
Herbert legt die Dinge zur Seite und nach einem *Herein*
steht Alex vor ihm. „Was kann ich für dich tun, Alex?
Bier gibt es noch keins. Schließlich musst du mich noch
ein zweites Mal besiegen." Alex macht die Tür hinter
sich zu und sagt zu Herbert: „Ich weiß, aber ich habe
eine bessere Idee…"
Nach 20 Minuten kommt Alex zu den anderen zurück,
die sich gerade auf den Weg Richtung der Lagerräume
machen. René und Ingrid haben es ihnen erlaubt, auch
am Wochenende allein zu trainieren. Elke geht zu
Gandulf, um zu fragen, ob er heute etwas Zeit habe,
mit ihrer Ausbildung fortzusetzen. Sie hat schon einiges

gelernt; besonders die Telepathie macht ihr viel Spaß. Damit kann sie den anderen aus einer Entfernung von etwa 30 Metern etwas mitteilen. Auf die Frage, wo Alex sei, sagt er nur: „Ich hoffe, es wird funktionieren, was ich vorhabe." Alle anderen zucken nur die Schultern und gehen weiter.

Drei Wochen sind vergangen. Alle haben sich im Kampftraining sehr verbessert. Sie lernen, ihre Kräfte perfekt einzuteilen und die Kondition solange als möglich aufrecht zu erhalten. Auch Elke konnte sich im Bereich der Selbstverteidigung einige Tricks und Kniffe zeigen lassen. Nebenher hat ihr Gandulf auch einige Magiekünste beibringen können, den Gegner auf Abstand zu halten.

Dienstag 17 Uhr.

Alex trifft sich wieder mit Herbert. Bisher hat er es erst einmal geschafft, Herbert mit einem Glückstreffer zu besiegen. Heute ist er in Topform, um ihn erneut zu schlagen. Alle anderen sind auch dabei, um Alex zuzuschauen. Ingrid und René sind natürlich auch gekommen. Herbert holt sich ein Holzschwert und beide stellen sich zum Duell bereit. „Bist du sicher, dass du mich heute besiegen kannst, Alex? Ich habe schon von René gehört, dass selbst er Probleme hatte, dich zu besiegen." Alex schwingt seine Holzaxt und meint nur: „Du wirst schon sehen. Heute bin ich ganz gut drauf." „Okay, Alex. Dann wünsche ich dir wieder viel Erfolg". Der Kampf beginnt.

Da beide ihren Gegner recht gut kennen, wissen sie auch, worauf aufgepasst muss. Herbert hat aber in den letzten Tagen gemerkt, dass Alex unheimlich viel mit René trainiert hat. Auch die Arbeit in der Schmiede hat ihm in Sachen Kraft und Ausdauer einen Vorteil verschafft. Selbst als er René vor diesem Duell nach seinen Schwachstellen gefragt hat, bleibt er fair und sagt kein Wort zu ihm. In den ersten zehn Minuten können alle nur ein Hin und Her der Holzwaffen sehen und hören. Silvi fragt René, was bei einem Bruch einer der Waffen passiere. „Wenn eine Waffe kaputt gehen sollte, wird der Kampf unterbrochen und man erhält eine Waffe gleicher Art". Nach 20 Minuten merken einige, dass Herbert langsamer wird und die Kraft nachlässt. Deshalb versucht Herbert, bevor ihm die Kraft endgültig schwindet, einen schnellen laut schreienden Angriff. Zuerst zuckt Alex zusammen und wundert sich über diesen Blitzangriff, aber er reagiert, wie es ihm René gezeigt hat: Kurz vor Herberts Schlag springt er zur Seite, macht eine 180-Grad-Wendung und schlägt ihm zuerst in den einen Fuß, dann in den anderen, sodass Herbert zu Fall kommt. Als er schnell aufstehen will, sieht er die Axt nur wenige Zentimeter an seinen Augen vorbeifliegen. Er lässt seine Waffe zu Boden sinken und sagt zu Alex: „Herzlichen Glückwunsch!"

Alex hilft Herbert, vom Boden aufzustehen. Herbert klopft ihm auf die Schulter. Silke ruft: „Jetzt hast du es endlich geschafft, Alex. Soll ich dir gleich ein Bier holen?" Alex blickt daraufhin zu Herbert, dieser nickt mit dem Kopf. „Nein, Schwesterherz. Ich verzichte auf das Bier. Ich habe eine viel bessere Idee." Alex geht zur Küche." Silke und die anderen überlegen, was er damit meinen könnte. Sie folgen ihm zur Küche und Flo sagt erstaunt: „Es muss aber schon etwas Besonderes sein, wenn Alex auf das Bier verzichtet."

Während alle ankommen, sehen sie nur, wie er auf Anastasia und Claudi wartet. Als die beiden aus der Küche kommen, diskutiert er innig mit ihnen. Silke erkennt, dass Claudi überglücklich ist und Alex ihr einen Kuss auf die Wange gibt. Als er wieder zurückkommt, wollen alle wissen, was passiert sei. „Das habe ich dir zu verdanken, Schwesterherz. Du hast mir doch erzählt, dass die Claudi es ganz allein nicht geschafft hat. Deshalb habe ich mit Herbert eine neue Abmachung getroffen. Wenn ich es schaffen sollte, ihn ein zweites Mal zu besiegen, verzichte ich auf das Bier. Dafür soll er Claudis Schwester als zusätzlich Hilfe einstellen." Silke rollt vor Freude eine Träne über die Wange und er bekommt ein Küsschen von ihr. „Du bist wirklich ein Bruder, den jeder haben möchte. Vielen Dank dafür." Auch die anderen klatschen für seine ehrenhafte Tat.

Herbert, Ingrid und René kommen kurze Zeit später auch im Speisesaal an. Herbert bespricht mit den beiden aus der Küche, wie sie Claudis Schwester Ramona in die Arbeit integrieren sollen. Die anderen bleiben direkt am nächsten Tisch sitzen und warten auf ihr Abendessen. „Vielen Dank nochmals für eure Hilfe", sagt Claudi zu Alex. „Jetzt wird auf einmal die Arbeit viel einfacher für mich und meine Schwester hat auch

endlich einen Job, was in dieser Zeit nicht einfach ist."
Alex schneidet sich gerade ein schönes Stück Wurst ab
und meint: „Ach, das ist schon okay. Außerdem freut
sich meine liebe Schwester, wenn ich nicht nur am
Bierkrug hänge. Die paar blauen Flecke, die ich mir
beim Duell geholt habe, sind es mir wert gewesen" und
beißt in sein Wurstbrot, das überwiegend aus Wurst
besteht.
Flo wirft in die Runde: „Ich glaube, wir hatten hier
wirklich ein perfektes Training. Wir sollten überlegen,
wann wir aufbrechen wollen. Wir haben schließlich
noch einen langen Weg vor uns. Finanziell stehen wir
sehr gut da. Diese Minijobs haben viel mehr
eingebracht, als ich zuerst gedacht habe."
Sie überlegen, noch diese Woche hierzubleiben. Daniel
kommt auch noch zu Wort: „Übrigens – wir haben
Sandra jetzt auch auf unserer Seite. Sie möchte morgen
gegen 20 Uhr bei uns vorbeikommen, um sich
vorzustellen. Wir treffen uns dann am Eingang. Dann
kann sie euch mal zeigen, welche Kraft in ihr steckt.

-Mittwoch-
Punkt 20 Uhr warten Daniel, Alex und Elke auf Sandra
am Haupteingang. Elke unterhält sich fast nur noch
mittels ihrer telepathischen Fähigkeiten, denn nur so
bleibt sie in Übung. „Die armen Kinder haben geweint,
als ich sagte, dass ich heute meinen letzten Arbeitstag
habe. Sie haben mir dann ein paar selbstgemalte Bilder
geschenkt, auf denen auch ich mehr oder weniger zu
erkennen bin. Ich zeige sie euch später auf dem
Zimmer." Daniel stupst Elke an und sie dreht sich um.

Eine riesige Gestalt nähert sich ihnen. Elke sieht eine sehr große, muskulöse Frau vor sich; man muss den Kopf weit nach oben strecken, um in ihr ins Gesicht schauen zu können. „Hey Daniel, du Besenfeger"; sie gibt ihm einen mittelstarken Schlag auf den Hinterkopf. „Wo ist denn der Rest von euch?" Elke stellt sich schüchtern vor und erzählt ihr, dass diese noch beim Training sei und sie sich beim Abendessen treffen würden. Elke gibt diese Info telepathisch den anderen weiter. „Ihr glaubt gar nicht, wie viel Spaß es mir macht, per Gedankenübertragung zu erzählen", schmunzelt Elke. „Zum Glück strengt das körperlich nicht so sehr an wie andere Zaubereien." Daniel antwortet darauf nur: „Ich warne dich, Elke. Mach bloß keinen Nonsens damit. Außerdem sollte es niemand außer uns wissen, was du kannst. Sonst könnte sich der Gegner darauf einstellen und dich als erste angreifen". Du hast Recht, Daniel. Sandra versteht nur die Hälfte von dem, was die beiden erzählen, und unterhält sich daraufhin mit Alex darüber, wann es denn mit der langen Reise weitergehe.

Im Speisesaal nehmen die vier Platz und Alex beobachtet, wie sich Claudi mit Ramona um die Teller und den Abwasch kümmert. „Die zwei sehen wirklich fast wie Zwillinge aus. Klein, zierlich, aber recht flink in dem, was sie tun." Plötzlich sieht Alex, wie Claudi zu ihm blickt und ihm freudestrahlend zuwinkt. Er entschuldigt sich bei den anderen, steht auf und geht zu ihr. „Hi Alex. Darf ich dir meine Schwester Ramona vorstellen? Dank dir kann sie schon heute hier arbeiten. Nochmals vielen Dank für deine Einsatzbereitschaft und dein Engagement!" „Ach, Claudi. Du kennst mich doch. Ich freue mich sehr, wenn ich helfen kann." Er gibt Ramona etwas zu kräftig die Hand, sodass sie das Gesicht verzieht. Claudi nimmt die sauberen Teller in die Hand und fragt: „Sollen wir euch euer Essen bringen oder wartet ihr noch auf die anderen?" In diesem Moment geht die Tür von draußen auf und die anderen kommen herein. Alex schmunzelt nur und sagt mit einem leichten Lachen: „Ich glaube, deine Frage hat sich somit erledigt" und geht zu den anderen zurück.

Während Ramona und Claudi das Essen bringen, wollen die anderen alles über Sandra wissen. Sandra weiß schon vieles über Daniel. Sie unterhalten sich bis zur Sperrstunde. Doch selbst Herbert, der sich selbst etwas zu essen geholt hat, gibt Alex den Generalschlüssel mit der Bitte, alles abzuschließen, sobald das Gelage beendet sei. Sie unterhalten sich bis spät in die Nacht; solange bis Tanja bemerkt, dass es nur noch vier Stunden bis Arbeitsbeginn sind. „So eine Scheiße", jault Flo. „Ich glaube, wir kommen nicht lebend an. Ich habe jetzt schon keine Kraft mehr und dann sowas!" Elke steht auf und sagt zu den beiden Frühaufstehern: „Stopp, wartet mal. Das ist es! Ich glaube, ich habe den perfekten Zauber für euch." Alle schauen verblüfft zu Elke und verkünden gemeinsam: „Wir dachten, du hast nur die schwarze Magie gelernt?!" – „Ja und nein. Es gibt einen Spruch, der dem einen Schaden und dem anderen helfen kann. Ich bräuchte jetzt zwei von euch, die noch voller Energie und Kraft sind. Dann werde ich

einen geringen Teil der Energie auf Tanja und Flo
übertragen. Danach können die zwei Hübschen ihre
Arbeit erledigen, da sie sich über Nacht wieder
regenerieren. Wer erklärt sich bereit?"
Alle schauen sich leicht zweifelnd an und fragen: „Kann
da etwas schiefgehen? Was ist, wenn du zu viel Kraft
überträgst?" Elke kratzt sich am Hinterkopf. „Also im
dümmsten Fall geht ihr dabei drauf, aber ich habe es
sehr oft mit Gandulf an Tieren geübt und die letzten
Male ist nichts mehr schiefgegangen. Ich weiß, wann
ich die Übertragung beenden muss. Habt einfach
Vertrauen!"

Alle schauen sich verunsichert an, als Sandra aufsteht
und in kurzen Worten sagt: „Also ich erkläre mich
bereit, wer noch?" Silke steht ebenfalls. Elke bittet
darum, dass sich Flo gegenüber von Sandra setzt, legt
beiden die Hand auf die Brust, schließt die Augen und
murmelt ein paar Wörter, die niemand versteht.
Plötzlich glühen ihre Hände und nach zehn Sekunden
nimmt sie die Hände zur Seite. Alle schauen auf die
beiden und fragen: „Und? Merkt ihr etwas?" Flo steht
auf, stößt einen Rülpser von sich und sagt nur: „Ich
weiß zwar nicht, wie der Zauber funktioniert, aber ich
fühle mich pudelwohl und voller Kraft. Wie sieht es bei
dir aus, Sandra? Bist du noch da?" Sandra gähnt leise,
steht auf und meint nur: „Es hat nicht wehgetan, aber
jetzt fühle ich mich leicht müde. Ich bin sowieso den
ganzen Tag auf den Beinen gewesen, aber es war nicht
schlimm."

Elke bekommt von den anderen Applaus und macht genau das Gleiche bei Tanja und Silke, aber dieses Mal in nur acht Sekunden lang. Elke sieht Flo etwas traurig dreinblicken und fragt ihn leise, ob alles okay sei. „Ach, Elke. Ich hätte auch Zauberer werden sollen." Elke schaut ihn an: „Wieso denn das, Flo? Du bist doch ein guter Krieger." Flo flüstert ihr leise zu: „Wenn ich gewusst hätte, dass ich mit bestimmten Zaubersprüchen den Frauen an die Brust kann…"; weiter kommt Flo nicht, denn Elke gibt ihm eine saftige Ohrfeige. Alle schauen Elke überrascht an. Elke dreht sich zu den anderen um und meint: „Ihr könnt Flo selbst fragen, was los ist, aber glaubt mir – er hat sie sich verdient und jetzt sollten auch wir langsam schlafen gehen. Tanja und Flo können ja langsam in Richtung Bäckerei gehen. Sandra, du kannst auch bei uns übernachten. Die Betten von Tanja und Flo sind ja frei." Sie willigt ein und alle begeben sich in das Land der Träume.

-Freitag-
Am letzten Arbeitstag bedanken sich die meisten Mitarbeiter der Bäckerei *Goldweck* bei Tanja und Flo für die gute Zusammenarbeit. Auf die Frage, wohin es nun weiterginge, erwidert Tanja, dass dies ein kleiner Urlaub gewesen sei und es nun zurück gehe. Es fällt ihr zwar sehr schwer zu lügen, aber leider ist es in diesem Fall notwendig, denn der Feind lauert überall und man kann eben niemandem vertrauen. Als Tanja alles zusammenpackt, sucht sie überall nach Flo. Plötzlich fällt ihr etwas ein und geht in Richtung des

Verkaufsraums. Dort sieht sie Flo, der sich von der netten Verkäuferin intensiv verabschiedet. Tanja sagt leise mit einem leichten Schmunzeln: „Wir treffen uns am Marktplatz, Flo". Tanja geht schnell wieder nach draußen.

Auf dem Rückweg sieht Tanja zu Flo, der etwas traurig vor sich hinschaut und sich ein paar Tränen mit dem Ärmel aus dem Gesicht wischt. Nach ein paar Minuten fragt Tanja dann doch, ob alles okay sei oder ob er nochmal zurück möchte. „Nein, nein, Tanja", schnieft Flo. „Es ist alles gut. Ich werde Kathi bestimmt mal wiedersehen." Tanja umarmt Flo und drückt ihn ganz fest an sich. Damit Flo auf andere Gedanken kommt, packt er aus dem Rucksack eine Tasche aus und zeigt ihr eine große Laugenstange, die zum Herz geformt ist. „Das habe ich als Andenken von ihr bekommen. Die können wir heute Abend gerne zusammen essen." Tanja legt sie wieder in die Tasche zurück und meint nur mit einem Lächeln: „Die hat sie dir geschenkt, Flo. Die behältst du nur für dich." Er reibt sich noch eine Träne aus dem Gesicht und nickt ihr zu.

Als sie gegen acht Uhr ankommen, können sie vor dem Zubettgehen gleich die anderen wecken, damit Flo wieder sein Bett nutzen kann, das dank Sandra schön warm ist. Die anderen wundern sich, dass Flo an diesem Morgen keinen blöden Kommentar oder Witz von sich gibt. Bevor ihn Daniel auf seine Schweigsamkeit ansprechen kann, sieht er wie Tanja ihren Zeigefinger vor den Mund hält. Sie geht mit zum

Speisesaal. Beim Frühstück erzählt sie den anderen von der traurigen Verabschiedung in der Bäckerei. Vom geschenkten Herzen erzählt sie allerdings nichts. Tanja bittet darum, dass niemand etwas über Kathi erzählt. Flo habe nämlich große Angst davor, dass ihr etwas passiert, falls der König von ihrem Kontakt zu ihm erfahren sollte.

Nach dem Frühstück machen sich die drei auf den Weg zur Schmiede; Tanja geht in Richtung Bett. Da Silke und Silvi dank Ramona nicht mehr arbeiten müssen, überlegen sie, was sie alles für die weitere Reise mitnehmen sollen und wie der Weg weitergehen könnte. „Wir können ja mal Herbert und Gandulf fragen", schlägt Elke vor, die ihr Training auch bereits abgeschlossen hat. Sie beschließen, dass Elke zu Gandulf geht und die Küchengehilfen zu Herbert, um sich zwei voneinander unabhängige Meinungen einzuholen. „Wartet", spricht Elke. „Gandulf hat mir gerade gesagt, dass er vorbeikommen will. So können wir es als Gruppe besprechen." Alle stimmen zu und während Elke Gandulf mitteilt, dass sie sich in Herberts Büro treffen, sind schon alle dort. Da es in Herberts kleinem Büro an Platz mangelt, bieten sie natürlich Gandulf und Elke die Stühle an. Auf die Frage, wie sie ihren Weg am besten fortführen sollten, holt Herbert eine Karte vom Reich des Königs aus dem Schrank und breitet diese auf dem Tisch aus.
Herbert deutet auf die Ecke, in welcher der *Goldpass* zu sehen ist. „Also ich schlage euch vor, dass ihr die Stadt Euronia meidet und stattdessen einen Weg über den

Goldpass nehmt." Gandulf spricht deutlich zu allen: „Ich bin derselben Meinung. Euronia ist viel zu gefährlich. Auch wenn es nicht gerade leicht ist, den *Goldpass* zu überwinden und auch dort ein kleiner Außenposten des Königs stationiert ist, ist dort die Chance weitaus höher als in der Großstadt." Elke meint: „Dort wird es kalt sein; wir sollten noch dicke Jacken in der Stadt kaufen." Ich habe zwar einen Feuerzauber gelernt, aber ich will euch nicht anzünden. Der ist eben für Lagerfeuer gedacht. Damit kann ich euch nicht innerlich erwärmen." Gandulf denkt gerade darüber nach, streicht seinen Bart und sagt zu Elke: „Ich hätte noch eine Idee, Elke. Es gibt einen Spruch, der jemanden innerlich aufheizt, aber er verlangt viel Kraft. Doch sei gewarnt: Zu viel Kraft könnte deine Freunde töten." Elke verabredet sich selbstverständlich mit ihrem Lehrmeister, um den Spruch zu üben. Als alles besprochen ist, bedanken sie sich bei Gandulf und Herbert. Während Gandulf und Elke zum Alchimielabor spazieren, machen sich die anderen auf den Weg in die Stadt, um alles Notwendige zu holen. Auf dem Weg zum Kleidergeschäft, das Herbert empfohlen hat, überlegen sich Silvi und Silke, in der Schmiede vorbeizugehen, um die restlichen drei einzusammeln. „Ich denke, dass Sandra von zu Hause noch etwas holen muss, wie zum Beispiel ihren großartigen Streitkolben." – „Da hast du Recht, Silvi. Dann kaufen wir jetzt die Jacken und warten im Trainingslager auf die anderen."

Flo und Tanja stehen am Mittag auf; Tanja fragt Flo gleich, ob er sich wieder besser fühle. Er streckt sich bei beim Gähnen und nickt. Die beiden haben gerade über Elkes Telepathie erfahren, was die anderen vorhaben und wo sie sich befinden. Flo schüttelt es: „Brrr. Jetzt wird es draußen endlich mal schön angenehm warm und wir müssen über den eiskalten Pass." – „Beruhige dich, Flo", sagt Tanja. „Du hast doch gehört, dass Silke und Silvi bereits unterwegs sind, um passende Jacken zu holen. Wir müssen nur hoffen, dass die Karren für unsere Reise geeignet sind." – „Das hoffe ich auch, Tanja. Ich habe keine Lust, so viel Zeug in der Kälte schleppen zu müssen", antwortet Flo und geht mit Tanja in den Speisesaal. Beide bekommen von Ramona eine gute Portion vom heutigen Gulascheintopf mit leckerem Brot von *Goldweck* serviert. Ramona weiß nichts von der Liebe zwischen Flo und Kathi und fragt Flo, wie es den beiden in der Bäckerei mit der Arbeit gefallen habe. Tanja hat gerade einen Gulasch-Löffel im Mund und kann sie nicht davon abhalten, ihn DAS zu fragen. Daraufhin nimmt Flo seinen Teller und setzt sich an einen Platz ganz hinten im Saal. Ramona will schon nachlaufen, aber Tanja hält sie am Arm fest und erklärt ihr die Situation im *Goldweck*.

Am Nachmittag treffen sich alle auf dem Zimmer. Alex, Daniel waren zuvor noch bei Sandra zu Hause, um ein paar bessere Rucksäcke und ihren Streitkolben zu holen. Silke zeigt stolz die warmen Jacken, die man über einen Mengenrabatt recht günstig erstehen konnte. Flo sieht sich den Streitkolben an. Er kann ihn zwar ohne Probleme heben, aber um ihn im Kampf nutzen zu können, fehlt ihm wohl etwas die Kraft.

Sandra nimmt ihren Streitkolben, schwingt ihn problemlos und meint: „Wenn man seit vielen Jahren in einer Schmiede arbeitet, sammelt sich viel Kraft an. Hat euch Herbert nicht erzählt, dass ich hier auch ein paar Jahre zum Trainieren war?" Alle schütteln den Kopf, aber Alex meint: „Vielleicht erinnert er sich dran, wenn er dich später sieht. Wir treffen uns heute zum letzten gemeinsamen Abendessen.

Gegen 20 Uhr versammeln sich alle gemütlich im Speisesaal. Sandra und Alex schieben die Tische so zusammen, dass sich alle gut sehen können. Zuerst kommen Ingrid und René, später dann Herbert mit Gandulf. Anastasia, Claudi und Ramona stehen schon parat, um bei Hunger und Durst schnell reagieren zu können. Da auch kein weiterer Gast mehr da ist, schließt Herbert den Raum ab, damit sie ungestört bleiben.

Herbert holt die Karte und legt sie auf die Tische. Er zeigt abermals, wie es am einfachsten ist, zum *Goldpass* zu gelangen und gibt Tanja eine kleine Karte für den Bereich bis nach Scheckstadt mit. Herbert sagt nun laut in die Menge: „Erstmal muss ich euch danken, dass sich wegen euch so viele Neue bei unserem Training angemeldet haben. Jetzt sind wir für die nächste Zeit völlig ausgebucht. Sie haben euch nämlich beim Training beobachtet und fanden es wirklich klasse." Er blickt zu René und Ingrid: „Tut mir leid, dass ich euch die nächste Zeit doch keinen Urlaub geben kann, aber dafür werden wir im Sommer vier Wochen lang das Training einstellen, damit ihr euch entspannen könnt." René nickt bedächtig mit dem Kopf, Ingrid antwortet: „Ist okay, Vater. Das machen wir gerne." Nun steht Gandulf auf: „Ich habe euch noch eine ganz wichtige Information mitzuteilen: Ihr fragt euch, warum der König vor ein paar Jahren so mächtig geworden ist? Er hat sich mittels einiger Zauberer eine immense Waffe errichten lassen. Eine große goldene Kugel, die 50 Magiekristalle beinhaltet. Solange diese Kugel intakt ist, steht die gesamte Streitmacht in seinem Bann."

Das Gespräch geht bis tief in die Nacht; als auch das Finanzielle abgegolten wird, ist Flo vom verbleibenden Geldüberfluss sehr überrascht und teilt allen freudig mit: „Ihr habt alle zusammen wirklich viel Geld eingenommen – das sollte erstmal reichen, bis wir in Kleinpfennig angekommen sind. Bestimmt finden wir nebenher auch noch ein paar Einnahmequellen, aber wir werden alles mit Sicherheit irgendwie meistern." Silke klopft Flo auf die Schulter und meint nur: „Flo ist eben unsere Finanzgenie. Auch wenn er so einen kleinen…", sie räuspert sich, „…Dolch hat, kann er damit ziemlich gut umgehen" und gibt Flo ein Küsschen auf die Backe.
Herbert steht auf und meint: „Bevor es jetzt zu spät wird, schlage ich vor, dass ihr euch noch ein paar Stunden aufs Ohr legt, damit ihr morgen nach dem Frühstück eure Reise fortsetzen könnt. Ach, und noch etwas", er kramt einen Zettel aus seiner Hosentasche und überreicht ihn Tanja, „In Scheckstadt wohnt ein guter Freund namens David von mir. Er war mal

Steinmetz und hat viel bei der Renovierung in der Topasburg geholfen. Er kann euch bestimmt vieles von der Burg erzählen. Ich habe extra mein Siegel auf den Brief gesetzt. Wenn er es liest, versteht er alles." Die Gruppe bedankt sich herzlich bei ihm. Alle legen sich ein letztes Mal in diese gemütlichen Betten und schlafen recht schnell ein.

Am nächsten Morgen machen sie sich nach dem Frühstück bereit, die Reise fortzusetzen. Sandra nimmt den Karren mit den Waffen und der Ausrüstung. Alex knöpft sich den zweiten vor, der die Verpflegung beinhaltet. Alex ist über das kleine Fass Bier, das ihm Herbert geschenkt hat, überglücklich. Durch die größeren Rucksäcke ist es viel einfacher, falls es Probleme mit einem der Karren geben sollte. Zum Glück finden sie einen guten Weg, den man ohne Probleme nutzen kann. Tanja sieht bereits ein hölzernes Schild mit der Beschriftung *Goldpass*. Man kann noch nicht erkennen, ob der Pfad für die Karren geeignet ist, aber solange es geht, werden sie auch genutzt. Als sie den Pass erreichen, ist es bereits dunkel und sie beschließen, eine kleine Rast zu machen. Elke zaubert ein schönes Feuerchen und alle bedienen sich fröhlich aus dem mit Essen gefüllten Karren. Flo schaut kurz in seinen Rucksack, um das Herz von Kathi zu betrachten, schließt ihn jedoch schnell wieder und denkt fest an sie. Für die Abendwache erklärt sich dieses Mal Silvi bereit. Elke gibt ihr von Alex und Daniel etwas Energie ab, damit sie problemlos die Nacht übersteht.

Am frühen Morgen weckt Silvi die anderen, damit es recht schnell weitergehen kann. Außerdem wissen sie nicht einmal, was sie an diesem Außenposten erwartet – besonders die Anzahl der Schergen ist ihnen unbekannt. Elke will alle aufmuntern und spricht mit einem leichten Schmunzeln: „Jetzt macht euch keine Sorgen. Wir sind doch ein gutes Team, haben gut trainiert und haben jetzt sogar noch eine weitere Verbündete dabei. Wir werden unsere Mission erfüllen und den König zu Fall bringen. Ich habe jedenfalls keine Lust, aufzugeben und unter seinen bösen Machenschaften weiterzuleben." Die anderen stimmen Elke, dem Moralapostel, zu und merken langsam, dass es immer steiler nach oben geht und es mit den Karren immer beschwerlicher wird. „Wer hat denn diesen beschissenen Pfad ausgesucht? So etwas gehört doch echt verboten!", grummelt Alex, der den Karren am liebsten den Abhang heruntergestoßen hätte. „Du hast Recht, Alex. Bei diesem Weg wird es so langsam unmöglich, den Karren weiterzuziehen." Daniel überlegt kurz und sagt darauf: „Ihr habt recht. Außerdem wird es jetzt sowieso frisch und windig. Ich schlage vor, dass jeder seine Waffen, etwas Proviant und einen Teil der Ausrüstung in seinem Rucksack verstaut." Die anderen fragen, was mit den Karren passieren solle, auf denen noch so manches Zeug von den gegnerischen Soldaten liegt. Jetzt kommt Silke zu Wort und meint kurz und knapp: „Schupst die Karren mit allem Überflüssigen den Abhang hinunter."

Gesagt, getan. Als alles Notwendige in den Rucksäcken verstaut ist, geben Alex und Sandra den beiden Karren einen Tritt; mit einem lauten Krachen scheinen diese in tausend Stücke zu zerschellen. „Na hoffentlich hat das niemand gehört. Ich hätte nie gedacht, dass zwei Karren einen solchen Krach machen", sagt Tanja, während sie in der Morgendämmerung nach den Überresten der Karren sucht. Flo zieht Tanja am Ärmel und der Marsch geht weiter.

Das Weiterkommen wird immer beschwerlicher: Wurzeln, schmale Wege, Baumstämme auf dem Weg… Der Wind pfeift eiskalt. Während es den Männern und Sandra nichts aufmacht, spüren die Frauen bereits die Kälte. Alex und Sandra erklären sich erneut dazu bereit, einen Teil ihrer Kraft an die Personen weiterzugeben, die sie wirklich brauchen. „Still", flüstert Tanja und hebt die Hand. „Ich glaube, ich höre etwas. Bleibt hier. Ich schaue, ob ich recht habe oder ob mir der Wind einen Streich spielt." Während die anderen stehen bleiben, kriecht Tanja zwischen den Tannen auf dem eiskalten Boden vorwärts.
Sie blickt vorsichtig zwischen den Bäumen durch und in relativ kurzer Entfernung ein kleines Gebäude, an dem zwei Soldaten vor einem Lagerfeuer stehen. „Also ich kann zwei Personen vor einem kleinen Haus erkennen. Aber ich weiß nicht, ob noch welche drin sind." Elke geht vorsichtig zu Tanja und spricht leise ein paar magische Worte: „Es sind noch zwei weitere Menschen im Gebäude und wie ich sehe, schlafen sie. Also Tanja, was sollen wir tun?" Tanja überlegt kurz und schlägt

Elke vor, Daniel und Flo zur Hilfe zu holen. „Die beiden sind flink und während ich die zwei Soldaten vor dem Gebäude mit gezielten Pfeilschüssen erledige, können Daniel und Flo fast zeitgleich in der Hütte den Rest erledigen." Elke lässt sich auf den düsteren Plan ein und geht zur Gruppe zurück. Es dauert nicht lange, bis Flo mit Daniel angeschlichen kommt.

Als sie Tanja erreichen, hat diese bereits drei Pfeile aus ihrem Köcher geholt und einen davon in den Bogen gelegt. Tanja befiehlt, dass beide nach dem ersten Schuss direkt loslaufen sollen. „Haltet euch links, sonst seid ihr direkt in meiner Schusslinie", flüstert Tanja, während sie den Bogen spannt. Tanja zielt direkt auf den linken Soldaten und lässt den Pfeil los. Nur ein leises Zischen durch die Luft ist zu hören, bis der Pfeil den Soldaten trifft. Der andere sieht zwei Personen auf sich zu rennen, stellt sich mit seinem Schwert bereit und wird sofort von Tanjas zweitem Pfeil getroffen. Er fällt genauso schnell zu Boden wie der andere.

Während die beiden Krieger noch leicht am Boden zucken, haben Flo und Daniel bereits das Gebäude erreicht. Sie treten die Tür ein, sodass die Soldaten aus ihrem Schlaf gerissen werden. Noch bevor Daniel Flo fragen kann, was sie nun tun sollten, sticht Flo bei einem Soldaten zu. Als Flo auch dem zweiten Soldaten mit einem Schrei den Todesstoß geben möchte, hält ihn Daniel fix davon ab. Flo zieht seinen Dolch zurück, hält ihn aber angriffsbereit. Während Daniel mit dem Soldaten nach draußen geht, sieht Flo ein Bild auf dem Nachttisch stehen. Er betrachtet es genau, nimmt es aus dem Rahmen, steckt es ein und geht nach draußen.

Daniel steht mit dem Gefangenen vor der Hütte, während die anderen im Halbkreis um ihn herumstehen. Tanja fragt in die Runde: „Was sollen wir jetzt mit ihm tun?" Alex meint, dass es ein Problem sein könnte, ihn am Leben zu lassen und hält seine Axt fest in der Hand. Die meisten haben den gleichen Gedanken. Doch Flo stellt sich schnell vor Alex und ruft: „Stopp"! Das können wir nicht tun!" Die anderen schauen Flo fragend an und fordern eine Erklärung. Flo atmet tief ein und wieder aus, zieht das Bild aus seiner Tasche und zeigt es dem Soldaten und fragt: „Ist das ihre Tochter Kathi?" Er schaut das Bild kurz an und antwortet: „Ja. Das ist meine Kathi, woher wisst ihr das?" Tanja macht einen Schritt in die Mitte und erklärt den anderen alles – vom Kennenlernen in der Bäckerei bis hin zur herzgeformten Laugenstange. Alex nimmt seine Axt wieder runter; selbst ihm, wie auch den anderen, läuft eine Träne die Wange herunter. Trotzdem kommt wieder die Frage auf, was sie mit ihm tun sollen. Elke tritt einen Schritt vor und sagt stolz: „Dafür habe ich einen wirklich passenden Spruch, der nicht einmal dem König einen Vorteil bringt. Flo, kommst du mal bitte mit? Solange könnt ihr den Krieger gerne danach fragen, ob und wann hier eine Wachablösung kommt."
Nachdem Elke mit Flo außer Reichweite ist, kommt Elke eine Idee: „Wie wäre es, wenn er die Erinnerungen an das Soldat-Sein verliert und einen Brief erhält, dass seine Tochter in der Bäckerei auf ihn wartet? Zusätzlich kannst du Kathi einen Brief schreiben, in dem alles

erklärt wird." Flo denkt kurz darüber nach und ist einverstanden.

Als die beiden wieder zurück sind, macht sich Flo bereit, ein paar Zeilen zu schreiben. Währenddessen erhalten die anderen die Information, dass die nächste Wachablösung erst in fünf Tagen komme. Elke erklärt ihren Zauber und bittet Alex und Sandra darum, Kathis Vater festzuhalten, damit der Zauber problemlos funktioniert. Als Elke fertig ist, gibt ihm Flo die beiden Briefe. Sie warten, bis er den Brief gelesen hat und sich, ohne ein Wort zu sagen, auf den Weg Richtung Schotterberg macht. Alex meint jetzt nur: „Tja, jetzt ist er weg und wir kommen zum unangenehmen Teil: Was machen wir mit den durchbohrten Leichen? Verbrennen oder einfach den Abhang hinunterwerfen?"

„Ach, Bruderherz. Das klingt aber makaber. Wenn wir sie hinunterwerfen, werden sie vielleicht von den Wölfen gefressen. So grausam es klingt, aber ich bin für den freien Fall." Die anderen schauen sich nur achselzuckend an und holen die Kadaver. Sie schnappen sich die toten Soldaten an den Armen und Beinen und werfen sie schwungvoll den Abgrund hinunter. Elke kann das Knacksen und Krachen der Bäume noch sehr lange hören, bis es immer leiser wird und irgendwann verstummt.

Nach dieser Aktion sorgen alle dafür, dass sämtliche Spuren des Angriffs verschwinden. Alex hat neben dem Haus zwei kleine Schilde gefunden. Eines behält er selbst, das andere gibt er seiner Schwester. Da alle wissen, dass die beiden die Besten im Schild-Training waren, gibt es auch keine Einwände. Sandra überlegt nebenher, was mit den Schwertern und Lanzen der Angreifer passieren soll. Elke fällt dazu etwas ein: „Ich könnte versuchen, die Metalle einzuschmelzen. Dann kann man es bestimmt leichter verstecken." Silke antwortet darauf ernst: „Pass' aber bloß auf, Elke. Wir wissen, dass dir das alles viel Kraft abverlangt. Es bringt uns nichts, wenn du danach völlig erschöpft bist. Dich selbst mit Kraft zu versorgen geht ja nicht – also lass' es lieber. Wir schmeißen die Waffen einfach ebenfalls den Abhang hinunter und fertig."

„Also gut, einverstanden", meint Elke und geht einen Schritt zurück, während Sandra und Alex sämtliche Waffen in den Abgrund werfen.

Nachdem die Gruppe so viele Vorräte wie möglich aus dem Haus eingepackt hat, geht es langsam in südlicher Richtung den Abhang hinunter. Je weiter es nach unten geht, desto mehr Bäume säumen den Wegesrand. Noch bevor die Dunkelheit eintritt, findet Tanja eine kleine Lichtung. Eigentlich wollte sie nur einen Platz zum Pinkeln suchen, aber nachdem sie alle zur Lichtung geführt hat, musste sie sich eine andere Stelle suchen, um ihre Notdurft zu verrichten. Als Tanja zutiefst erleichtert zurückkommt, ist das Feuer dank Elke bereits am Lodern und Sandra prüft das Essen aus dem Wachposten. Sie blickt etwas traurig auf die Mahlzeit und meint: „So ein komisches Essen würde ich nicht einmal meinem schlimmsten Feind anbieten. Der König ist wirklich grausam. Er kann froh sein, dass ihm die Soldaten trotz diesem schrecklichen Essen weiterhin dienen." Silke probiert das aufgewärmte Soldatenessen. Ihr Gesichtsausdruck zeigt weder ein Lächeln noch ein verzogenes Gesicht. Sie meint zu Sandra: „Du musst dieses komische Essen nur warm machen. Dann ist es zumindest weitestgehend genießbar", und schmatzt fröhlich weiter.

Nach dem Essen genießen alle die Wärme des Lagerfeuers. Alex überlegt, warum sie eigentlich nicht in der Hütte geblieben sind. Der Rest der Gruppe wollte schnellstmöglich davon Abstand gewinnen. „Am Ende wäre vielleicht noch ein Späher vorbeigekommen und hätte die halbe Armee hergerufen", sagt Silvi und macht es sich auf dem Boden bequem.
Für die heutige Nachtwache hat sich Daniel gemeldet; die Kraft geben Silke und Flo her.

Am nächsten Morgen genießen sie ihr gutes Frühstück von Claudi und Ramona. Danach wird alles für die weitere Reise eingesammelt und der Marsch Richtung Scheckstadt geht weiter. Zuerst müssen sie aber noch den restlichen Abhang hinunter. Sie sind froh, dass es nicht so kalt ist, um die dicken Jacken tragen zu müssen. Alle sind auch sehr glücklich darüber, dass Sandra so große Taschen mitgebracht hat. Denn nun können die Jacken wieder gut verstaut werden. Als das Ende des *Goldpasses* in Sichtweite ist, sehen Silvi und Daniel ein Glitzern auf der Steppe, das sich rasant nähert. Daniel ruft, dass sich alle verstecken sollen. Sie finden Platz im Dickicht der Büsche und Bäume. Die silbernen Punkte stellen sich als vier berittene Soldaten und eine Kutsche heraus. Daniel sagt in leisem Ton: „Ich dachte, die Ablösung komme erst in fünf Tagen. Da hat sich Kathis Vater wohl etwas geirrt oder es gibt doch mehr Ablösungen als er gewusst hat." Sandra fragt leise in die Runde: „Was sollen wir jetzt tun? Sollen wir versteckt bleiben und hoffen, dass sie vorbeikommen?" Flo überlegte kurz und empfindet das als die wohl beste Idee. „Schließlich weiß man nicht, ob noch mehr Soldaten in der Kutsche sind; mit dem Pferd kann einer von ihnen schnell Verstärkung holen. Haltet eure Waffen bereit. Wenn uns nur einer sieht, haben wir ein ernstes Problem." Er zieht schon vorsichtig seinen Dolch.

Daniel kann die Gruppe sehen: Die vier Soldaten steigen von ihren Pferden ab und geben dem Kutscher die Zügel. Dann holen sie zwei Kisten aus der Kutsche und machen sich auf den Weg Richtung *Goldpass*.

Sandra hält ihren Streitkolben fest in der Hand und flüstert: „Sollen wir wirklich nicht angreifen? Bis die ihre Kisten fallen lassen, sind wir schon direkt vor ihnen und können zuschlagen." Flo antwortet direkt: „Nein, Sandra! Der an der Kutsche ist unser Problem. Wenn wir den erwischen würden, wäre es kein Problem. Aber Tanja müsste wahrscheinlich etwas näher heran. Oder, Tanja?" Sie überlegt und schaut hinunter. „Also, wenn ich kurz Zeit zum Zielen habe, kann ich es versuchen – garantiere aber für nichts. Außerdem muss der Pfeil sauber treffen, damit...". Elke dreht sich zu Tanja um und flüstert: „Ich kann den Pfeil mit einem Zauber belegen, sodass der Getroffene durch enorme Hitze

innerlich verbrennt. Es verbraucht zwar viel Magie und Kraft, aber es würde funktionieren. Ich schaffe maximal zwei Pfeile; mehr Magie kann ich nicht aufbringen."
Flo denkt über die Gesamtsituation nach und schlägt vor, die Soldaten vorbeilaufen zu lassen. Erst danach soll Tanja mithilfe eines magischen Pfeiles einen gezielten Schuss auf den Kutscher abfeuern. Alex meint: „Hoffentlich sehen uns die Gefolgsleute nicht. Ansonsten werden sie meine Axt tief in ihrem Schädel spüren."
Man hört leise, wie die Soldaten den Hang nach oben marschieren. Die hölzernen Kisten scheinen schwer zu sein. Sie gehen im Gleichschritt an der Gruppe vorbei. Als sie außer Reichweite sind, atmen alle durch. „Ich hätte nicht gedacht, dass ich so lange die Luft anhalten kann", sagt Silke. Tanja steht leise auf, um sich auf den gezielten Schuss vorzubereiten. Währenddessen nimmt Elke zwei Pfeile aus ihrem Köcher und fängt an, ihren Hitzezauber durchzuführen. Plötzlich glühen die Pfeile knallrot. Sie überreicht Tanja den ersten; die anderen kriechen derweil aus ihrem Versteck hervor und wünschen der Zielerin viel Erfolg beim Schuss.

Sie nimmt konzentriert den ersten Pfeil, spannt den Bogen und zielt in aller Ruhe auf den Kutscher, der sich entspannt in die Wiese gelegt hat. Die Zügel der Pferde hat er zuvor an einen Baum gebunden. Alle schauen gespannt auf Tanja und gleichzeitig auf ihr Ziel. Jeder hört Tanjas tiefen Atemzug – sie lässt los. Noch während des Pfeilflugs überreicht ihr Elke den zweiten . Alle beobachten, wie der erste Pfeil seinen linken

Oberschenkel durchbohrt. Es dauert ein paar Sekunden, bis er den Schmerz spürt; der Hitzezauber dringt rasant in seinen Körper ein, sodass nur noch ein schriller Schmerzens-Schrei zu hören ist. Dann liegt er regungslos am Boden. Doch der Feuerzauber ist noch nicht beendet: Der Soldat wird dunkelrot, glüht und explodiert.

Flo starrt zu Elke: „Was ist denn das für eine Sauerei, Elke? Also mit dieser dreckigen Kutsche können wir nicht in die nächste Stadt. Zum Glück sind die Pferde nicht durchgedreht." Elke zuckt mit den Schultern und entschuldigt sich mit einem leisen *Ups*. Sie drehte sich rasch um und meint: „Ich glaube, die Soldaten haben den Schrei auch gehört. Wir sollten so schnell es geht den Abhang runter und uns die Pferde und die Kutsche schnappen." – „Gute Idee", meint Elke. Tanja, schieß den Pfeil in einen Baum. Wenn wir Glück haben, verursacht er einen Brand und die Soldaten kommen nicht weiter. Tanja nickt, spannt den Bogen und schießt. Es dauert nicht lange bis sich das Feuer ausbreitet. Während das Team schon fast die Pferde und die Kutsche erreicht hat, hört es, wie die Soldaten rufen: „Sie waren es, wir müssen umkehren".

Daniel erreicht die Zielebene zuerst und holt erst einmal tief Luft. Sandra und Alex helfen Elke beim Abstieg, da die Magie sehr viel Kraft gekostet hat. Als alle unten angekommen sind, drehen sie sich um und sehen, wie ein Teil des *Goldpasses* in Flammen aufgeht. Silke kratzt sich am Kopf: „Ich glaube, jetzt wird der König bald mit Sicherheit wissen, was los ist. Zum Glück konnten sie uns nicht in den Rauchschwaden kaum

erkennen. Das verschafft uns einen weiteren Vorteil."
Daniel blickt Richtung der Pferde und zur Sauerei an
der Kutsche, den Elkes Hitzepfeil angerichtet hat. „Ja,
das stimmt, Silke. Jetzt sollten wir die Zossen mit
Gespann schnellstmöglich zum Fluss bringen, damit
wieder alles sauber wird. Wir können nur hoffen, dass
die Wölfe hier einen gesunden Appetit haben. Ich
möchte nicht, dass das jemand sieht." Flo zeigt auf das
große Feuer am *Goldpass* und sagt ernst: „Ich glaube,
dieses Feuer wird viele Männer des Königs anlocken.
Außerdem haben wir seine Pferde und die Kutsche. Wir
müssen einen anderen Weg suchen, denn so können
wir unmöglich in die Scheckstadt."

Als sie versammelt vor den Pferden und der Kutsche
stehen, fragt Silvi in die Runde: „Wer ist schon mal
geritten? Flo, Daniel Tanja und ich können es, aber wie
sieht es bei euch aus? Einer müsste entweder die
Kutsche mit zwei Pferden lenken oder ein einzelnes
Pferd reiten." Silke und Sandra melden sich und teilen
mit, dass sie schon öfter geritten seien, meistens aber
nur sehr kurze Strecken und nur mit der langsamen
Gangart *Schritt.*

Silvi ist froh, dass noch jemand mit Pferden vertraut ist:
„Na das klingt doch super. Dann schlage ich vor, dass
sich Silke und Sandra um die Kutsche kümmern. Alex
und Elke können es sich hinten drin bequem machen.
Elke, du schaust, dass du wieder zu Kräften kommst."
Elke stimmt zu. Sie machen sich erst einmal mit ihren
Pferden vertraut. Flo schaut seinen Gaul an. Er

streichelt ihn und flüstert ihm leise zu: „Wenn du lieb zu mir bist, dann bin ich es auch zu dir." Auch die anderen freunden sich mit ihren neuen Begleitern an. Flo und Tanja nehmen Dolch und Bogen mit auf ihre Pferde, Daniel und Silvi legen ihre Waffen in den Kutschwagen. Sandra und Silke legen Morgenstern und Streitkolben griffbereit neben sich, um bei einem Notfall schnell reagieren zu können. Als alle bereit sind, steigen sie auf. In gemütlichem Schritte geht es vorwärts.

Während des gemächlichen Vorwärtskommens durch die erstaunlich ruhigen Straßen ruft Tanja plötzlich: „Schaut mal nach vorne. Das sieht wie ein Kundschafter des Königs aus." Sie bleiben abrupt stehen und sehen, wie sich der Reiter nähert. Als er erkennt, dass sie keine Soldaten des Königs sind, gibt er seinem Pferd sofort die Sporen und verschwindet blitzschnell. Silvi sieht dem Späher nach und spricht mit recht gelassener Stimme: „Ok. Spätestens in ein paar Tagen weiß der König wohl, dass wir da sind. Vielleicht hat er dem Soldaten, den wir bei der Befreiung von Silke und Alex am Leben gelassen haben, nicht geglaubt. Außerdem werden ihm die Krieger am *Goldpass* dasselbe erzählen." Alex wirft einen Blick aus der Kutsche und ruft: „Ich glaube, wir können die Pferde nicht mehr lange bei uns behalten. Das ist zu gefährlich. Vielleicht können wir mit ihnen noch bis zum *Silberbach*, aber dann sollten wir überlegen, wie wir ohne sie weiterkommen. Vielleicht teilen wir uns später auf? Naja, wir haben ja noch etwas Zeit zum Überlegen."

Es dämmert schon bevor die Truppe am *Silberbach* angekommen ist. In der Zwischenzeit hat sich Elke wieder gut erholt und kümmert sich um das Lagerfeuer, während Alex das Soldatenessen und Wasser aus der Kutsche holt. Alex überreicht Sandra das hochwertige *Goldpass*-Essen. Alle schauen schmunzelnd zu ihr. Sie zeigt mit ihrem Gesichtszug schon wieder an, wie sehr es ihr schmecken wird. Dieses Mal stellt sie es aber direkt ans Lagerfeuer, damit es weitestgehend schmackhaft wird. Flo sieht ihr betrübtes Gesicht, überlegt kurz und holt seinen Rucksack. Tanja weiß genau, was er vorhat und fragt ihn, ob er das wirklich tun möchte. Er nickt und hat die Herzlaugenstange bereits in der Hand. Er bricht ein großes Stück ab und geht zu Sandra.
Mit einer Träne im Auge hält er ihr das Stück hin und sagt leise: „Nimm das dazu, Sandra. Es ist zwar etwas trocken, aber es wird dir mit Sicherheit schmecken."
Sie schaut zuerst zu Tanja, die ihr ein stummes Kopfnicken zuwirft. Jetzt läuft auch Sandra eine Träne herunter, weil sie sich denken kann, von wem er das Herzgeschenk bekommen hat. Sie steht auf, drückt ihn ganz fest und flüstert ihm leise ins Ohr: „Vielen Dank. Ich wünsche dir, dass du Kathi nach allem Wiedersehen wirst" und gibt Flo ein Küsschen. Während er seinen Rucksack aufräumt, wischt er sich eine weitere Träne aus dem Gesicht.

Um das Thema zu wechseln, fragt Elke in die Runde, wer dieses Mal die Nachtwache übernehmen wolle. Die meisten sind dafür, dass ab sofort zwei wach bleiben sollen. Es melden sich Silke und Alex für die ehrenwerte Aufgabe; die Kraft erhalten sie von Daniel und Silvi. Nach der Übertragung durch Elke wird das restliche Feuer durch die Notdurft der Männer gelöscht. Alle legen sich auf die Wiese. Damit es nicht zu kalt wird, nimmt jeder seine neue Jacke als Decke oder Kopfkissen. Elke darf sich aufgrund ihres Energieverlustes in den Kutschwagen legen. Alex beobachtet Silke, wie sie ihren Morgenstern putzt und macht einen kleinen Rundgang um das kleine Lager. Vom wolkenfreien Himmel strahlt der Vollmond auf die Erde nieder; Alex kann alles ganz genau bis weit in die Ferne erkennen. Plötzlich bleibt er stehen und schaut mit leicht zusammengekniffenen Augen in südwestliche Richtung – gen Scheckstadt.

Er rennt zu Silke, die auf die glühenden Überreste des Feuers starrt. „Schwesterchen, schau mal! Ganz da hinten bewegt sich was und kommt auf uns zu. Siehst du die kleinen leuchtenden Punkte?" Silke steht auf und guckt ebenfalls mit leicht zusammengekniffenen Augen auf die Stelle, die ihr Alex zeigt. „Ich glaube, du hast Recht, Brüderchen. Bestimmt sind es Soldaten, die wir diesem Späher zu verdanken haben. Die sind zwar noch ein gutes Stück entfernt, aber wir sollten jetzt schon ein paar Feuerstellen von Elke entfachen lassen. Wir müssen die anderen aufwecken und uns kampfbereit machen."

Gesagt, getan. Alex nutzt sein lautes Organ und ruft: „Alarm!", während Silke zur Kutsche rennt. Sie weckt Elke, gibt ihr die neuesten Informationen und sammelt die Waffen ein. Elke will ihr dabei helfen, aber Silke sagt nur: „Lass' gut sein; kümmere dich lieber darum, dass wir genug Licht haben. Zwar leuchtet der Mond hell, aber wenn du einige Feuerstellen machen könntest, wäre das großartig." – „Geht klar." Elke macht sich an die Arbeit und bringt einige Stellen am Boden zum Brennen. Silke und Alex schnappen sich die Schilde und stellen sich auf Flos Anordnung hin an die Front des Teams. Elke und Tanja stellen sich links und rechts hinter den Kutschwagen. Dort steht der Köcher so geschickt, dass beide schnell an die Pfeile kommen. Silvi und Sandra stellen sich auf Silkes Seite, während Flo und Daniel auf der Flanke von Alex sind.

Die Feuerstellen von Elke brennen so stark, dass der gesamte Umkreis hell erleuchtet ist. Daniel fragt ungeduldig: „Was glaubt ihr, wie lange die noch brauchen, bis sie endlich hier sind?" Flo schaut nach vorne, um nachzusehen, wie schnell sich die Lichtkegel bewegen. „So wie es aussieht, sind die meisten zu Fuß unterwegs. Zwei sind auf dem Pferd, also brauchen sie noch etwa 15 Minuten. Wieso fragst Du?" Daniel rennt in eine dunkle Ecke und sagt leise: „...Weil ich noch dringend pinkeln muss." Nachdem er fertig ist, kommt er etwas entspannter zurück und hebt sein Schwert auf. In der Zwischenzeit hat Elke zwei weitere Pfeile mit dem Hitzezauber belegt und reicht diese an Tanja weiter.

Dann geht alles sehr schnell. Als die Soldaten vor dem Team stehen, tritt einer der berittenen Soldaten einen Schritt nach vorne und fragt nach dem Anführer. Flo geht ebenfalls nach vorne. Währenddessen spannt Tanja den Bogen mit dem ersten Hitzepfeil. Der Soldat spricht mit lauter Stimme: „Ihr seid wohl diejenigen, die es gewagt haben, viele Männer des Königs auf grauenhafte Weise zu töten. Legt eure Waffen nieder und ergebt euch. Falls ihr euch anders entscheidet, ist euer sofortiger Tod gewiss." Flo dreht sich um, schielt leicht zu Tanja und zwinkert ihr bedeutsam zu. Er dreht sich wieder zurück und spricht: „Wenn ihr wirklich meint, dass wir nach so großer Anstrengung aufgeben, kennt ihr uns sehr schlecht. Uns hält niemand auf. Wenn ihr gegen uns antreten wollt, dann legt los." Flo spukt dem Pferd vor die Hufe und geht wieder zurück. Elke hat Flo zuvor per Telepathie gefragt, ob Tanja beide Soldaten auf den Pferden treffen solle. Flo nickt daraufhin nur kurz und blickt zu den etwa 15 Soldaten.

Der Anführer greift nun langsam und gezielt zu seinem Schwert. In diesem Moment lässt Tanja den Pfeil los und trifft ihn direkt in seine linke Schulter. Während sie den zweiten Hitzepfeil zu sich nimmt und spannt, schreit der Anführer laut auf und versucht, den glühenden Pfeil aus der Schulter zu ziehen. Als ihm ein Soldat dabei helfen möchte, ist es um den Anführer bereits geschehen: Er fällt fast vom Pferd, hängt aber noch in den Steigeisen fest, wird durch die enorme Hitze des Pfeils dunkelrot und verbrennt regelrecht.

Das Pferd erschrickt sich sehr und rennt durch die Soldatenmenge, wobei fünf Soldaten zu Boden stürzen. In diesem Moment fliegt Tanjas nächster Hitzepfeil los. Dieser verfehlt den Reiter leider knapp und zischt in die Wiese. Während Tanja fluchend zum Köcher mit den normalen Pfeilen greift, stürmen die sechs Krieger auf die restlichen Gefolgsleute zu. *Zum Glück ist dieses Mal kein Bogenschütze dabei*, meldet Elke per Telepathie. Darauf achten Alex, Flo und Daniel schon gar nicht mehr und rennen schreiend auf die vorderen Soldaten. Alex, flink wie immer, kann dem Schwerthieb des etwas zu kurz geratenen Kriegers locker ausweichen und schlägt ihm die Axt mit voller Wucht in den Rücken, sodass ihn nicht einmal seine Rüstung schützen kann. Daniel und Flo können sich auf drei der fünf gestürzten Krieger konzentrieren. Flo nimmt seinen altbewährten Dolch, um zu zeigen, dass die offene Schulter gegen Metall nichts ausrichten kann. Daniel hat viele Techniken erlernt und erledigt die beiden – noch bevor diese überhaupt aufgestanden sind.

Während Alex, Flo und Daniel fünf weitere Krieger in Schach halten, geht es bei den Frauen nicht ganz so leicht. Es scheint, als ob die stärkeren auf ihrer Seite seien. Das Metall schlägt so laut gegen- und aufeinander als wären sie in einer Schmiede. Silke gibt Silvi den Schild. Sie nimmt ihn dankend an hält ihn schnell vor sich; auch der Morgenstern ist sofort griffbereit. In schnellem Schritte geht sie zusammen mit Sandra auf die vordere Gruppe zu, die mit gezückten Schwertern bereitsteht. *Geht beide nach links*, schießt es ihnen dank Elkes Telepathie durch den Kopf. Nachdem beide einen Schritt nach links gegangen sind, schwirrt ein Pfeil durch die Luft und trifft einen der drei Schergen genau ins Bein. Während er mit einem schmerzerfüllten Gesicht umknickt und versucht, sich bei seinem Kriegerkollegen festzuhalten, weiß Sandra sofort, was zu tun ist. Sie nimmt den Streitkolben fest in beide Hände – Mit einem schwungvollen Schlag zerschmettert sie den Schädel des dritten Soldaten.

Silke geht zeitgleich auf den verletzten Krieger los und schleudert ihren Morgenstern direkt von unten nach oben an seinen Kopf. Dadurch zersplittert sein Unterkiefer in 1000 Teile. Der dritte lässt den Toten aus seiner Hand fallen und will flugs zur restlichen Gruppe laufen – aber Silvi ist ja auch noch da. Sie nimmt den Säbel, verpasst ihm einen sauberen schnellen Schnitt, sodass er schmerzerfüllt sein Schwert verliert. Als der Soldat mit seiner linken Hand nach dem Schwert greifen will, tritt ein Fuß auf dieses. Er blickt nach oben und sieht in Silkes Gesicht, die ihn grinsend anschaut: „Zu spät", spricht Silke und rammt den Morgenstern mit voller Wucht zu. Silke braucht viel Kraft, um ihn aus dem Leichnam zu ziehen, aber nach drei Versuchen schafft sie es. Sie schaut zu ihrem Bruder und will ihm gerade bei den restlichen Soldaten helfen, als von Elke per Telepathie ein: *Achtung! Hinter Dir!* in ihre Gedanken schießt. Plötzlich spürt sie etwas Kaltes und sieht ein Schwert durch ihren Brustkorb dringen. Silke wird schwarz vor Augen und fällt zu Boden. „Nein!",

ruft Silvi; Sandra reagiert sofort und schlägt dem Übeltäter das Schwert aus der Hand, sodass dieser zu Boden stürzt. Alex schlägt seinem Feind mit der Axt in den Bauch. Als das die restlichen Soldaten gesehen haben, lassen sie aus Angst ihre Waffen fallen und versuchen zu entkommen. Tanja erwischt glücklicherweise noch einen Weglaufenden mit einem gezielten Pfeilschuss in den Rücken. Alle bis auf Flo, der vorerst beim verwundeten Soldaten bleibt, laufen zu Silke und fragen zuerst Elke, ob sie irgendetwas tun können. Elke kniet vor Silke. Sie sieht die schwere offene Wunde und wie Silke Blut spukt. Sie schaut zu Alex hoch, schließt die Augen und schüttelt langsam den Kopf. Silke versucht noch etwas zu sagen und Alex kniet sich schnell zu ihr, hält ihre Hand und geht mit dem Kopf ganz nah zu ihr herunter: „Bruder. Tu' mir einen Gefallen: Besiege den König. Ich will nicht der einzige Arsch im Himmel sein…" Ihre Stimme wird leiser, verstummt und ihr Kopf dreht sich leicht zur Seite.
Alex' Tränen sind auch in der Dunkelheit gut zu erkennen. Auch die anderen können das Salzwasser in ihren Augen nicht stoppen. Plötzlich kann man bei Alex den großen Zorn in seiner Atmung wahrnehmen und auch in seinem Gesicht erkennen. Er schnappt sich den Morgenstern von Silke und geht zu Flo, wo der verletzte Soldat am Boden liegt. Flo versucht noch, Alex zu beruhigen und stellt sich schützend vor den Verwundeten. Alex schuppst Flo mit Leichtigkeit beiseite und starrt auf das harmlose Opfer. Er holt aus und schlägt auf ihn ein: immer und immer wieder.

Entsetzt rufen alle zusammen: „Hör' auf, Alex! Das hätte Silke doch auch nicht gewollt!" Sandra geht mutig zu Alex, hält ihn am Arm fest und sagt leise: „Bitte hör' auf! Deine Schwester hat dir bestimmt nicht gesagt, dass du so eine Rache ausüben sollst." Alex schaut erst zu Silke, dann auf die anderen und zuletzt auf den zerfetzten Kadaver, den er wirklich übel zugerichtet hat. Er lässt den Morgenstern fallen und sagt leise: „Was habe ich nur getan? So bin ich nicht." Flo will nach dem Sturz wieder aufstehen, als ihm Alex schon die Hand reicht. Diese nimmt Flo an und lässt sich mit einem Ruck hochziehen. Alex sieht Flo beschämt an: „Flo. Ich weiß, ich kann es weder bei dir noch bei dem Soldaten rückgängig machen, aber ich sage es aus meinem tiefsten Inneren: Es tut mir wirklich leid. Kannst du mir irgendwann verzeihen?" Flo putzt sich erst den Dreck von der Hose ab und sieht dann, wie Alex glasige Augen bekommt. Er geht auf Alex zu, drückt ihn ganz fest und sagt nur: „Es ist alles ok, Alex. Ich hätte bestimmt genauso reagiert wie du." Jetzt kommen Alex die Tränen, drückt Flo noch fester an sich und entschuldigt sich mehrmals. Flo klopft Alex brüderlich auf die Schulter und sagt ihm nochmals, dass alles in Ordnung sei.

Elke bespricht per Telepathie solange mit den anderen, was sie nun mit Silke machen sollten. Ein Teil ist für Vergraben und der andere für Verbrennen. Tanja fragt leise in die Runde: „Wer spricht mit Alex über das, was wir jetzt tun sollen? Wir haben keine Schaufel zum Graben und ich möchte nicht, dass Silke von den

Wölfen gefressen wird." Silvi erklärt sich bereit – im Namen für alle – mit Alex zu sprechen und geht auf ihn zu. Sie nimmt ihn auf die Seite und bespricht es vorsichtig mit ihm. Die anderen sehen, wie er kopfnickend dasteht. Alex sagt zu allen, dass er dazu bereit sei, Silke verbrennen zu lassen. Jeder könne zuvor ein paar Worte sagen, ehe Elke den Spruch nutze, um das Feuer für Silke zu entfachen. Während Flo mit Alex etwas spazieren geht, bereiten die anderen alles vor. Sie legen Silke vorsichtig in Laub, Gräser und Äste und holen danach Alex und Flo her. Alle stellen sich in eine Reihe, um sich von Silke zu verabschieden. Alex steht ganz vorne, kniet sie hin und spricht leise seine Abschiedsworte. Auch jetzt kann jeder seine Tränen sehen.

Als er wieder aufsteht, legt er ihren Morgenstern zu ihr und geht vier Schritte zur Seite. Nach und nach verabschieden sich alle von Silke, legen einen kleinen persönlichen Gegenstand bei und umarmen ihren Bruder. Flo kommt als Letzter zu Silke und legt zum Abschied das große restliche Stück des Laugenherzens zu ihr. Während er zu Alex geht und noch ein paar Worte mit ihm spricht, tritt Elke einige Schritte vor und sagt ihren Zauberspruch, um das Feuer rund um Silke zu entfachen. Es lodert sehr schnell; alle nehmen es – bis in die Morgenstunden – tief in sich auf.

Obwohl niemand viel geschlafen hat, macht keiner einen müden Eindruck. Selbst die Pferde bleiben die Nacht über ruhig und freuen sich über das Wasser und das Gras, welches ihnen Tanja und Silvi morgens vor die Hufen stellen. Als jeder etwas zu sich genommen hat, geht es weiter zum *Silberbach* und dann gen Süden in Richtung *Scheckstadt*.

Als sie den *Silberbach* erreichen, erfreuen sich alle am kühlen frischen Nass. Die meisten sind schnell im Wasser; es stört auch niemanden, wenn Frauen und Männer zusammen ins Wasser springen. Elke und Flo bleiben erst einmal draußen, um Wache zu schieben. Während man ein spaßiges Geschrei im Bach hört, erklärt Elke, was sie zum Thema Selbstverteidigung gelernt hat und demonstriert es Flo mit seinem Dolch. Er ist sehr überrascht, was sie in den paar Stunden alles gelernt hat.

Zur selben Zeit haben die vier Soldaten vom *Goldpass* sowie der überlebende Reiter die Topasburg erreicht, um dem König die Vorfälle mitzuteilen. Sie werden darum gebeten, in der großen Halle Platz zu nehmen, da der König gerade zu Tisch sei. Einer der Soldaten fragt den Reiter, was denn genau passiert sei. „Wir haben heute Nacht mindestens sechs Krieger gesehen, aber es müssen noch mehr gewesen sein. Schließlich sind auch Pfeile geflogen und kein Bogenschütze war zu sehen. Dadurch kam unser Anführer ums Leben. Er wurde plötzlich glühend rot und verbrannte auf seinem Pferd. Es müssen Magier dabei sein. Aber eine von ihnen konnten wir erledigen." Einer der vier erzählt auch vom leeren Außenposten am *Goldpass* und den vereinzelten Blutspuren im Schnee. „Bestimmt gab es auch dort einen Kampf. Als wir wieder zurückwollten, stand der halbe *Goldpass* in Flammen. Wir konnten aber auch nur wenig im Rauch sehen." Der, der zu

Rosse gekommen ist, meint: „Was sollen wir eigentlich dem König erzählen? Wenn wir mitteilen, dass wir durch ein paar Feinde besiegt worden sind, kommen wir bestimmt nicht lebend raus." Alle überlegen, was sie sagen sollen. Einer meint: „Ich schlage vor, wir geben einfach an, dass es über zehn Personen waren. So könnten wir den Tag überleben." Diese Meinung teilen allesamt; die große Tür zum Festsaal öffnet sich. Ein schwer bewaffneter Ritter sowie ein Untertan bitten die Soldaten herein. Leicht schwitzend betreten sie den Raum und beten innerlich, dass sie wieder im Ganzen herauskommen.

Nachdem sich alle aus der Truppe fertig gemacht haben, macht Elke ein kleines Feuer. Als alle abgetrocknet sind, verscheucht Flo sämtlich Pferde. Elke nutzt ihre Magie und setzt die Kutsche in Brand.

Während der Kutschwagen abbrennt, machen sich alle wieder zu Fuß auf den Weg. Silvi blickt nach vorne und kann schon einen Wegweiser zum Ort *Scheckstadt* erkennen. Alex sagt: „Wir müssen uns jetzt aber dringend etwas überlegen, damit wir nicht auffallen. Schließlich haben wir weder eine Kutsche noch einen Karren, um die Waffen zu verstecken." Silvi tippt Alex an und zeigt auf den Wegweiser. „Schau mal, Alex. Östlich von *Scheckstadt* liegt der *Centwood*, einer der großen Wälder des Königreichs. Da können wir doch untertauchen, während ein paar einzelne die Stadt erkunden." Diese Idee finden alle klasse. Sandra und Alex haben sich freundlicherweise wieder dazu bereit erklärt, etwas mehr Gepäck zu tragen. Außerdem scheinen die meisten wegen der Kampfnacht und dem Verlust von Silke doch noch etwas müde und in Gedanken versunken zu sein. Erstaunlicherweise dauert es nicht lange, bis der Centwood erreicht ist. Zum Glück hat kein Fremder die Gruppe gesehen.

Der König hat zu dieser Zeit bereits seine Berater zu sich kommen lassen. Sie stehen mit der Reichskarte um den großen Tisch. Die Soldaten zeigen ihm und den Beratern die Standorte der Angriffe. Einer der Ratgeber zeigt nochmals, wo die kleinen Angriffe und Verluste der Soldaten stattgefunden haben und spricht: „Mein König; es sieht so aus, als ob diese Krieger wirklich bis zu euch vordringen wollten." Der König lacht auf und schlägt mit der Faust auf den Tisch, sodass die Krüge wackeln: „Ihr glaubt doch nicht wirklich, dass ICH vor dieser lächerlichen Zehn-Mann-Armee Angst bekomme! Ich bin zwar von ihrem Mut zutiefst beeindruckt, aber noch sind sie nicht in der *Topasburg*. Wenn sie es wider Erwarten zu mir schaffen sollten, wird das auch nur von kurzer Dauer sein."
Der König lacht erneut, sodass selbst der Magier einen kleinen Schreck bekommt. „Aber so weit kommen sie sowieso nicht. Sendet einfach viele Truppen aus und falls Krieger südlich über den *Silberbach* gelangen sollten, nehmt sie sofort fest exekutiert sie. Sendet zudem viele Boten aus, die diese Information rund um den *Silberbach* und in sämtlichen Städten weitergeben." Die Ratgeber sowie die Soldaten

verbeugen sich vor dem König und begeben sich auf ihre Mission.

„Wow, der Wald ist wirklich schön und duftet nach allen möglichen Pflanzen, Moosen und sämtlichen Pilzen, staunt Sandra, die aus der Schmiede und Rubeldorf recht wenig Natur kennt. Daniel klopft ihr auf die Schulter und meint: „Es gibt hier auch viele Tiere, die man gut mit Pfeil und Bogen erlegen kann, nicht wahr, Tanja?" Sie schmunzelt: „Solange Elke den Pfeil nicht mit ihrem Hitzezauber verhext, kommt das Essen auch im Ganzen an und wir müssen die Fleischstücke nicht vom Baum abkratzen." Alle fangen an zu Lachen und schauen zu Elke, die ihre Hände in Unschuld wiegt. Es dauert einen kurzen Moment, bis die Gruppe eine passende Lichtung tief im Wald findet. Dann nehmen alle schnell auf dem schönen Moos und auf der Wiese Platz. Silvi und Tanja prüfen, was noch an Vorräten und Geld vorhanden ist. Als Flo vom Pinkeln zurückkommt, fragt er die beiden, wie der Stand der Dinge sei. Silvi berichtet: „Also finanziell stehen wir sehr gut da. Abgesehen vom grauenhaften Soldatenessen haben wir zudem noch viel guten Schinken von Anastasia. Wasser haben wir ebenfalls genug und Alex nuckelt noch an seinem Fass Bier." Flo überlegt kurz und sagt: „Ich schlage vor, dass morgen zwei von uns *Scheckstadt* besuchen und sich einfach mal unauffällig umschauen. Wir sollten überwiegend erstmal hier im Wald bleiben. Ich denke, dass der König bereits Bescheid weiß und das Schlachtfeld bereits nach Spuren untersucht worden ist. Falls es euch

langweilig wird, könnt ihr im Wald nach Essbarem
suchen. Ich jedenfalls ruhe mich etwas aus." Das lässt
sich Sandra nicht zweimal sagen und schaut zu Silvi und
Tanja. Sie packt die beiden und zerrt sie mit in Richtung
Wald. „Wir werden Säbel und Bogen mitnehmen, aber
den Streitkolben lassen wir bei den anderen." Elke will
sich auch noch etwas ausruhen und gesellt sich zu Alex,
Daniel und Flo.

Silvi geht mir ihrem Säbel voraus, um eventuelles
sperriges Dickicht vom Weg abzuholzen. Da Sandra so
groß ist, bekommt sie leider öfter den ein oder anderen
Ast aus höherer Region ab. Nachdem sie tief in den
Wald vorgedrungen sind, halten alle drei spontan an.
Sie schauen sich in die Augen und sagen fast synchron:
„Ich bin gleich wieder da." – Jede verschwindet hinter
einem anderen Busch.
Als sie erleichtert zurückkommen, geht der Rundgang
noch etwas weiter – bis Tanja die Hand hochhält. Silvi
und Sandra bleiben abrupt stehen. Tanja späht nach
vorne und sieht neben dem kleinen Bach ein Reh,
welches gerade am Trinken ist. Tanja zieht leise ihren
Bogen mit einem Pfeil vor, spannt ihn und zielt.
Nachdem der Pfeil den Kopf des Rehs getroffen hat,
springt es noch etwas hin und her und landet dann tot
im Bach; das Wasser färbt sich dunkelrot. Tanja sieht zu
Sandra: „Vielleicht können wir Alex' Verlust mit einem
leckeren Rehbraten etwas mindern." Die drei tragen
das Reh zum Platz. Alex sieht es zuerst. Sein
Gesichtsausdruck verrät alles. Er schaut zu Elke. Sie
weiß sofort, was zu tun ist. „Ich kann gerne ein Feuer

machen, aber ihr müsst das Holz holen." Alex zeigt auf Flo und Daniel: „Jetzt bewegt euern Arsch und helft mit – oder ich esse es allein." Flo, der immer noch etwas müde ist, versucht langsam aufzustehen und torkelt hinterher. Silvi, Sandra und Tanja kümmern sich darum, das Reh auszunehmen. Alles, was nicht fürs Grillen geeignet ist, kommt in ein kleines Loch, welches nebenher von Tanja ausgegraben wird.

Zum Abend hin lodert das Feuer mit dem mitgebrachten Holz. Silvi vermisst es weiterhin, das Feuer mit ihrem Feuerstein zu entzünden; aber zum einen kann Elke das viel schneller und zum anderen hat sie ihren Feuerstein bei Silke am Grab gelassen. Während das Fleisch auf dem Feuer brutzelt, denken alle darüber nach, wie es weitergehen könnte. Alex beißt in ein riesiges Stück Fleisch und spricht mit vollem Munde: „Also ich schlage vor, dass eine und einer von uns in die *Scheckstadt* geht. Als Paar fällt es nämlich bestimmt am wenigsten auf. Dann könnt ihr diesem David einen kleinen Besuch abstatten. Ihr versteht bestimmt, dass ich nicht dabei sein will"; Alex beißt erneut in sein Stück Fleisch. Daniel hat gerade aufgegessen und schlägt vor: „Es sollte auch altersmäßig unbedingt passen, sonst ist es zu auffällig-" Er blickt zu Elke: „Bitte zünde mich nicht an, Elke, aber damit fällst du ganz knapp raus." Elke schaut Daniel finster an, zuckt mit den Schultern und stochert mit einem Stock im Feuer, sodass ein paar Funken nach oben fliegen.

Als es dunkel und das Feuer noch leicht am Brennen ist, stellen sich Flo und Alex für die Nachwache bereit. Die heutige Kraft gibt es von Tanja und Daniel. Als sich Daniel und Alex neben Elke setzen, flüstert sie Daniel leise zu: „Jetzt fang an zu beten, damit dir die senile Elke nicht zu viel Energie aus dem Körper saugt." Daniel schluckt zweimal ordentlich und Elke beginnt mit dem Krafttausch. Danach legen sich die anderen hin und wünschen sich gegenseitig eine gute Nacht.

Am nächsten Morgen werden alle von Alex und Flo sanft geweckt. Als Daniel aufwacht, fasst er sich zuerst überall an und ist froh darüber, dass Elke nichts Schlimmes mit ihm angestellt hat. Er schaut zu ihr. Sie sieht ihn leicht schmunzelnd an und sagt mit einem Lächeln: „Sei froh, dass du soweit ein netter Mensch bist, Daniel. Sonst hätte ich schon längst ein paar neue Sprüche an dir ausprobiert. Hättest du mich am Marksee mit kaltem Wasser erwischt, wäre es spätestens heute anders ausgegangen." Flo stellt sich zwischen die Streithähne: „Hört doch mal mit den Streitigkeiten auf. Wir müssen uns jetzt überlegen, wer als Liebespaar in die Stadt geht. Also, wer hat Lust darauf?" Irgendwie hat wohl niemand großes Interesse daran, sich in eine Stadt nahe des Königs zu begeben. Flo atmet tief und fragt Tanja, ob sie beide zusammen gehen sollen. „Das können wir gerne machen, Flo. Ich habe den Brief von Herbert dabei. Sollen wir los?" Flo nimmt Tanja an die Hand und sie machen sich auf den Weg.

Kurz bevor sie den Wald verlassen, sehen sie sich nach Soldaten um. Als die Luft rein ist, können sie den Wald problemlos verlassen. Beide sind überrascht, dass die Wege immer schöner gepflastert sind. Je näher die Topasburg rückt, desto mehr wird sich um die Straßenpflege gekümmert. Es dauert nicht lange, bis die ersten Häuser von Scheckstadt zu sehen sind. Tanja liest den Brief nochmals durch und zeigt ihn Flo. „Wir müssen in die Kupferstraße vier. Dort soll David wohnen." Flo zuckt mit den Schultern: „Tut mir echt leid, aber ich kenne die Stadt genauso wenig wie du. Meine Regeln, was das Durchfragen angeht, sind die ja bekannt: Die Frauen übernehme ich; die Männer sind dein Bereich." Tanja verdreht nur die Augen, aber natürlich ist sie damit einverstanden. Beide betreten die Stadt.

Flo wundert sich darüber, dass es keine Wachen vor dem Eingang gibt. Er sieht aber auf der linken und rechten Seite die Informationsschilder des Königs, dass nur Gruppen mit höchstens vier Personen erlaubt sind. Sie schauen sich an. Flo sagt leise zu Tanja: „Es scheint also bekannt zu sein, dass wir in der Nähe sind. Wir müssen wirklich aufpassen, was wir tun und gut planen, wann wir zusammen als Gruppe unterwegs sein können. Jetzt suchen wir aber erstmal David auf." Die Stadt ist sehr gut besiedelt und es gibt viele Personen, die sie nach dem Weg fragen können. Flo wartet auf eine passende junge Dame, findet eine und geht direkt auf sie zu. Tanja bleibt stehen und wartet, bis Flo sein Gespräch mit der Dame beendet hat. Er kommt mit einem Lächeln zurück. „Bevor du fragst: nein, ich habe nicht geflirtet, sondern nur nach dem Weg gefragt. Wir müssen nur in Richtung Kirche gehen, direkt daneben wohnt er." Sie machen sich auf den Weg und beäugeln nebenher die wunderschöne Stadt. Die Straßen, die Häuser und auch die Büsche und Bäume sind sehr gepflegt. Tanja sieht sogar Gärtner, die sich um die Pflege der Gärten kümmern und sagt zu Flo: „Hier fließen wohl auch viele Steuergelder hin, oder?" – „Hier sind aber auch mehr Soldaten unterwegs, Tanja. Also sei meine Freundin und lass' dir nichts anmerken. Wenn dich jemand anhält und fragt, sind wir ein Liebespaar und suchen eine schöne Kirche für die Hochzeit." Tanja schaut Flo etwas schief an und meint: „Naja, ausnahmsweise stimme ich Dir mal zu, aber wenn du mich küsst, wird meine rechte Hand Richtung deiner Backe fliegen, verstanden?" Der Spaziergang zum Kirchturm geht recht schnell.

Als sie vor der Kirche stehen, sehen beide das schwarze Haus mit den dunkelroten Fensterläden und einen wunderschönen kleinen Gartenrund um das Haus. Flo lässt Tanja den Vortritt. Sie klopft vorsichtig und bewundert die wundervollen Schnitzereien an der Haustür. Sie hört Schritte und die Tür öffnet sich. Ein großer muskulöser Mann, der gerade in ein Käsezwiebelbrot beißt, schaut Tanja und Flo fragend an. Nachdem er das Stück heruntergeschluckt hat, fragt er Tanja, was er für sie tun könne. „Sind sie David und kennen Herbert aus Schotterhausen?" Er nimmt noch einen Bissen und fragt mit vollem Munde, wer das wissen wolle. Tanja zückt den Brief und reicht ihn an den Mann weiter. Er legt das Brot zur Seite und liest ihn genau durch. Nachdem er fertiggelesen hat, schnappt er sich seine restliche Stulle und bittet beide, einzutreten.

Alex wacht aus seinem zweiten Schlaf nach dem Frühstück auf, nimmt ein Stück gebratenes Reh und trinkt den restlichen Schluck Bier. Er fragt die anderen, ob denn das Pärchen noch nicht zurück sei. „So lange sind sie noch nicht weg, Alex", antwortet Elke. „Etwas Geduld musst du schon mitbringen. Du kannst ja irgendetwas Leckeres im Wald suchen oder dein Bierfass mit Wasser befüllen. Dann brauchen wir das schon nicht tun. Du kannst auch jemanden mitnehmen." Alex reckt und streckt sich und fragt Silvi, ob sie mitkommen wolle. Es sieht so aus, als hielte sich ihre Lust in Grenzen, aber Alex zuliebe schnappt sie sich den Säbel und kommt mit.

Währenddessen sitzen Flo und Tanja bei David und erzählen ihm, wer sie sind und was sie vorhaben. David entschuldigt sich für einen kleinen Moment und geht nach nebenan. Er kommt mit einem kleinen Fass Rotwein zurück und gießt ordentlich in die Humpen ein. Nachdem Flo einen kleinen Schluck genommen hat, fragt er David, ob dieser Wein auch zufällig in Groschenstadt verkauft würde; er komme ihm nämlich so bekannt vor. David dreht ihm das Fass zu. Der Wein heißt: *Wilder Euronier*.

David schenkt ihnen erneut ein und schaut mit seinem Humpen in der Hand zu Tanja und Flo: „Jetzt muss ich euch nochmal fragen, womit ich euch genau helfen kann. Es hat irgendetwas mit der Topasburg zu tun, aber Genaues weiß ich noch nicht." Tanja sieht zu Flo, der nicht genug vom Wein bekommen kann und lässt ihn damit in Ruhe.. Tanja rutscht mit ihrem Stuhl ein Stück näher zu David. „Also, wir wissen ja, dass du viel und lange in der Topasburg gearbeitet hast und deshalb bestimmt die Burg in- und auswendig kennst. Da wir mit so wenig Aufsehen wie möglich in die Burg eindringen wollen, kannst du uns doch bestimmt ein paar versteckte Gänge und Wege der Burg verraten, oder?" David trinkt den Rest aus. „Ihr seid wirklich sehr mutig. Die Letzten, die das gewagt haben, sind bei lebendigem Leibe auf dem Marktplatz verbrannt worden. Aber ich glaube, dass ich euch wirklich weiterhelfen kann. Tanja, willst du mal mitkommen? Flo lassen wir mal mit seinem Wein allein."

David und Tanja stehen auf und gehen in sein Arbeitszimmer, in welchem sehr viele Bücher stehen. Er sucht hinter den Büchern ein paar Karten und breitet sie auf dem Tisch aus. Tanja ist erstaunt: „Wow! Da gibt es ja Wege, die auch unter der Burg nach innen gehen. Sehr beeindruckend. Könnt ihr mir einen Stift und ein Papier geben, damit ich eine kleine Kopie der Karten erstellen kann?" David antwortet mit einem leichten Lächeln: „Das ist nicht nötig. Ihr könnt diese hier gerne behalten. Ich habe von allen Karten ein Duplikat. In euren Händen sind sie mehr als sinnvoll und gut aufgehoben. Hoffentlich könnt ihr herausfinden, warum der König so seltsam geworden ist. Früher wollte er nie Geld bei den Bürgerinnen und Bürgern eintreiben, aber jetzt…". David seufzt: „Die Kosten sind ins Unermessliche gestiegen; ich weiß auch nicht, wie lange ich hier noch wohnen kann." Tanja erzählt ihm, warum der König alles unter Kontrolle hat, und berichtet über die seltsame Magiekugel. David überlegt kurz und macht auf den Karten ein paar Kreuze. „Ich kann mir vorstellen, dass er diese Zauberkugel nicht öffentlich ausstellt. Deshalb denke ich, dass sie in einem dieser drei Räume platziert sein wird."

In diesem Moment kommt Flo ins Arbeitszimmer getorkelt. Obwohl er ziemlich viel Wein getrunken hat, ist er noch relativ aufnahmefähig. Die beiden erzählen ihm alles in Kurzform, zeigen ihm die Karten und die möglichen Standorte der Kugel. David zeigt Flo auch, wie es am einfachsten ist, in die Burg zu gelangen. Er tippt auf die Karte und zeigt auf die Abwasserkanäle. „Es ist zwar nicht der angenehmste, aber dafür der sicherste Weg für euch. Habt ihr noch Fragen dazu?" Tanja und Flo überlegen, aber mit den Karten ist ihnen schon mehr als geholfen. Sie bedanken sich herzlich und fragen, was sie ihm schuldig seien. Er schmunzelt nur und sagt: „Ich freue mich, wenn ich helfen konnte. Ich wünsche euch viel Glück und Erfolg bei eurem Vorhaben. Flo, willst du das restliche Fass Wein mitnehmen?" Er nimmt es dankend an und Tanja versucht, die Karten so an sich zu verstecken, dass man sie nicht sofort sieht.

Als beide für die Rückkehr bereit sind, fragt Flo, ob es
über Kleinpfennig oder über die Goldstadt am
sichersten sei. „Ich kann euch Kleinpfennig empfehlen",
rät David. „In Goldstadt wohnen nur die gut Betuchten
und es gibt, wie auch in Edelheim, sehr viele Soldaten.
Bleibt also westlich und haltet – wenn möglich – etwas
Abstand zu den Straßen." Die zwei reichen David
dankend die Hand und begeben sich nach draußen.
Bevor Flo die Tür öffnet, dreht er sich nochmal zu
David: „Sag' mal, du hast nicht zufällig eine kleine Karre
übrig? Die bezahlen wir selbstverständlich auch. So
müssten wir nicht immer die Waffen auf den Schultern
tragen. Der Rucksack ist schon schwer genug." David
runzelt die Stirn und bittet die beiden nach draußen in
seinen kleinen Schuppen. Als er die Tür öffnet, stehen
dort zwei intakte Holzkarren. „Nehmt euch einen. Über
die Bezahlung reden wir nochmal, wenn wieder alles
wie früher ist, ok?" – „Geht klar, David", verspricht Flo
und zwinkert Tanja zu. Während sie den Karren
rausschiebt, legt Flo ganz leise etwas Geld in den
zweiten Karren und geht dann unschuldig aus dem
Schuppen. Sie winken David zu und begeben sich auf
den Rückweg in den Centwood.

Daniel, Elke und Silvi spielen ein Spiel mit Herberts
Würfeln. Da Elke so oft gewinnt, glaubt Daniel nicht,
dass es mit rechten Dingen zugeht. Elke verspricht
jedoch hoch und heilig, nichts zu manipulieren. So ganz
traut er ihr trotzdem nicht. Plötzlich hebt Elke die
Hand: „Still! Es kommt jemand." Alex greift zur Axt und

Daniel zum Schwert; sie verstecken sich hinter den Büschen. „Es müssen viele sein. Ich höre ein lautes Geräusch dazu. Elke, kannst du mal magisch prüfen, wie viele du erkennen kannst?" Sie konzentriert sich auf die Richtung, aus der das Geräusch kommt; es nähert sich immer schneller. Sie steht auf. „Bist du Wahnsinnig, Elke?!", flüstert Daniel. „Leg' dich wieder hin!" Elke dreht sich zu Daniel: „Alles ok. Es sind nur Tanja und Flo; sie haben eine neue Holzkarre dabei. Mal sehen, wo sie die gestohlen haben oder mit wem Flo wieder geflirtet oder sonst was gemacht hat."

Als sie sich alle auf der Lichtung treffen, ruft Flo Alex zu sich und reicht ihm das kleine Weinfass. „Tut mir leid, Alex. Bestimmt trinkst du auch gerne einen leckeren Rotwein, oder?" – „Danke, Flo. Eigentlich trinke ich ausschließlich Bier, aber ich werde ihn gerne probieren. Bestimmt hast du ihn für alle mitgenommen, oder?" Flo schmunzelt: „Bin ich so durchschaubar? Du hast Recht, aber mit Freunden teilt man einfach alles. Jeder kann sich etwas davon nehmen. Das ist ein Geschenk von David…". Tanja unterbricht Flo: „Sorry, aber eigentlich sollten wir erst über das Wichtige reden. Er konnte uns hilfreiche Informationen rund um das Schloss geben. Zudem hat er uns ein paar Karten mitgegeben, auf denen man alles sehr gut erkennen kann." Als die anderen die Karten sehen wollen, entschuldigt sich Tanja und verschwindet kurzerhand hinter dem nächsten Busch.

Kurze Zeit später kommt sie lächelnd mit den Karten in der Hand zurück. Sie breitet sie auf dem trockenen Boden aus. Flo fragt neugierig, wo sie die kleinen Karten versteckt hätte. Tanja lächelt: „Auch Frauen haben ihre Geheimnisse". Als der Plan schön ausgebreitet ist, zeigt Tanja allen den Geheimeingang der Burg. „Bei den Kreuzen vermutet David die Energiekugel. Nur dort sei sie vor fremden Augen geschützt." Elke sieht sich alles genau an und meint: „Also ich vermute die Kugel ganz oben im Turm", und deutet auf das zweite Kreuz. „Ich werde dort als erstes nachschauen. Sollen wir uns dann aufteilen oder nach und nach zusammen die Räume durchsuchen?" Alex nimmt noch einen kleinen Schluck aus dem Weinfass: „Zuerst sollten wir erst einmal ungesehen in die Burg kommen. Ich bin dafür, dass wir uns dann aufteilen. Falls irgendwo eine Falle lauert, schaffen es zumindest ein paar von uns. Vergesst nicht: Der König gehört mir! Ich will Rache im Namen meiner Schwester an ihm üben!" Bevor er zu seiner Axt greift, hält Silvi die Hand darüber und spricht leise: „Ganz ruhig, Alex. Noch sind wir nicht dort – geschweige denn gegenüber des Königs. Zuerst müssen wir Richtung Kleinpfennig gehen. Jetzt sollten wir uns ein leckeres Abendessen machen, damit wir morgen in der Frühe aufbrechen können." Tanja bereitet schon alles für das kleine Lager vor und sagt nebenher: „David meint, dass Kleinpfennig eine eher ältere Stadt sei und wenig Soldaten habe. Dort bilden wir am besten eine Dreier- und eine Zweiergruppe, damit es keine zu große Ansammlung gibt. Die restlichen Beiden sollen sich um unser Hab und Gut kümmern. Wenn Soldaten vor dem Eingang stehen, haben wir vielleicht kein großes Problem damit.

Flo und Elke erklären sich nach dem Gespräch dazu bereit, sich irgendwo außerhalb einen sicheren Platz zu suchen. Elke entzündet das Feuer für den heutigen Abend. Für die Nachtwache opfern sich Silvi und Flo. Nachdem die anderen eingeschlafen sind, erzählen sie sich die schönsten Geschichten aus ihrer Jugend.

Am nächsten Morgen wachen erstaunlicherweise alle zur selben Zeit auf und reiben sich die Augen. Nachdem sie nach dem Aufstehen alle Büsche begossen und gedüngt haben, wollen sie das Frühstück lieber etwas weiter weg einnehmen. Kurz bevor sie außerhalb des Waldes sind, setzen sich alle kurz hin und essen die letzten Schinken- und Brotreste. Auf dem Weg nach Kleinpfennig durchsucht Flo sämtliche Geldsäcke und ist zufrieden. „Also alle, die in die Stadt gehen, können einiges zu essen kaufen. Wir stehen finanziell weiterhin gut da. Verhungern muss also niemand." Flo dreht sich zum fahrbaren Untersatz um und sieht viele volle Gefäße und das mit Wasser gefüllte Weinfass. „Mit Trinken sieht es auch nicht schlecht aus. Tanja? Kommen wir nicht noch an einem Fluss vorbei?" Tanja holt Herberts Karte heraus und bestätigt es. Sie kratzt sich am Kopf: „Der Platinfluss sieht aber sehr viel breiter als der Silberbach aus. Bestimmt gibt es da entweder Brücken oder kleine Schiffe, um ihn zu überqueren." Sandra sieht es locker und sagt völlig gelassen: „Bestimmt können die in der Stadt etwas dazu sagen. Zur Not kommen wir mit Gewalt über den Fluss. Hauptsache ist, dass Elke nicht ihren Feuerzauber einsetzt, sodass die Brücke oder das Schiff während des Überquerens in Flammen aufgehen", Sandra klopft ihr mit einem Lachen auf die Schulter. „Sollen wir nicht lieber getrennt gehen?", fragt Tanja. „Auf den Schildern steht doch, dass man nicht in einer Gruppe von mehr als vier Personen unterwegs sein darf." Daniel schmunzelt: „Dann sagen wir einfach, dass wir von weit her kommen und nichts gesehen haben. Wenn die nicht hören wollen, dürfen sie meinen Stahl spüren. Wir sind doch von René und Ingrid so gut trainiert worden. Was soll uns denn passieren können?! Zusätzlich kann Elke mit ihren Zaubersprüchen auch viel Unheil anrichten." Alle heben die Faust und bestätigen so das, was gesagt wurde. Sie gehen voller Energie und mit guter Laune weiter, bis die Dämmerung eintritt. Während sie einen weichen Platz zum Schlafen suchen, wundern sich alle, dass niemand auf den Straßen unterwegs ist.

Kaum war dies ausgesprochen, sehen Elke und Sandra einige Lichtpunkte auf die Gruppe zukommen. Elke ruft in die Menge: „Wir bekommen Besuch, Freunde. Macht euch bereit. Zum Verstecken haben wir keine Zeit mehr. Ich versuche, noch ein paar Feuerstellen zu erzeugen, aber dieses Mal ist es zum Glück noch heller als beim letzten Angriff." Daniel hebt sein Schwert: „Mir egal, ob es hell oder dunkel ist. Mein Schwert trifft immer den Feind. Die wären froh, mir nicht in die Augen blicken zu müssen, denn das wird das Letzte

sein, das sie in ihrem Leben sehen werden." Flo hofft
nur, dass Alex bei diesem Erfolg nicht wieder
durchdreht und ein halbes Gulasch aus Menschenteilen
auf dem Feld hinterlässt.
Er zückt seinen Dolch und gibt die letzten
Anordnungen: „Elke, du versuchst, dich hinter dem
Karren und dem Schild zu verstecken. Die restlichen
Schilde bekommen Alex und Sandra für den
Sturmangriff, während Tanja im Schutz der
Dämmerung ihren Bogen einsetzt. Tanja, wie viele
Pfeile hast du noch?" Sie durchkramt den Köcher „Es
sind noch acht Pfeile, Flo." Er denkt kurz nach und
bittet Elke darum, einen Hitzepfeil zu erzeugen, den
Tanja dann auf einen Reiter abfeuern solle. So können
die Pferde durchdrehen, was uns für einen Blitzangriff
zugutekäme. „Silvi und Tanja. Ihr geht seitlich zu Elke.
Er dreht sich nochmals zu Elke: „Hast du nicht so einen
Blitzzauber auf Lager, bei dem alles ziemlich hell wird?"
Elke denkt nach: „Stimmt, Flo. Den hat mir Gandulf
beigebracht, aber ich weiß nicht mehr genau, wie er
geht." Flo schüttelt Elke leicht durch: „Du hast noch
knapp 15 Minuten Bedenkzeit; der Spruch ist jetzt
wirklich sehr wichtig. Sonst können wir Silke im
Jenseits Gesellschaft leisten und das will wohl noch
lange niemand, oder? Bitte, Elke. Denk nach. Es liegt
alles an dir."
Bevor die Soldaten in Hörweite sind, spricht er zu allen:
„Es ist sehr wichtig, dass ihr nicht zu Elke schaut, wenn
sie den Blitzzauber einsetzt. Immer nur zum Gegner
schauen, verstanden?" Während es alle mit leisem
Jubeln bestätigen, spricht Flo leise zu Alex: „Tut mir

leid, dass ich das mit Silke gesagt habe. Mir ist gerade nichts Besseres eingefallen." Alex klopft ihm leicht auf den Rücken und antwortet ebenso leise: „Schon gut, Flo. Ich hätte es bestimmt auch nicht anders gesagt." Als die Soldaten schon fast am Lager sind, hören alle Elkes Telepathie. *Ich weiß den Spruch wieder.* *Außerdem stehe ich euch während des Kampfes mit Tipps zur Seite.* Dass alle erleichtert durchatmen, ist gut hörbar. „Es sind wieder zwei Reiter und zehn Fußsoldaten. Ein Reiter hat einen Bogen." Flo dreht sich zu Elke und Tanja: „Danke, Elke. Du lässt deinen Zauber erst los, wenn Alex die Axt hebt und Tanja, du zielst auf den Bogenschützen und triffst ihn bitte, bevor er einen Pfeil abschießt."

Als die Soldaten ankommen, seufzt Flo und tritt einen Schritt nach vorne zum Reiter, der offenbar der Anführer ist. Flo denkt sich: *Immer muss ich mit den Arschgeigen reden. Es kommt doch eh nichts dabei raus. Nächstes Mal gebe ich einfach Daniel einen Schubs nach vorne~.* Der gegnerische Bogenschütze spannt bereits im Hintergrund den Bogen, zielt jedoch noch nicht direkt auf jemanden. Der Gruppenführer schaut zu Flo und den anderen, dreht sich kurz zu seiner Truppe, tritt vor Flo und fängt an zu lachen. „Ihr seid doch nicht etwa die ach so gefährliche Gruppe von knallharten Kriegern, die dem König Angst machen wollen?! Wegen euch musste ich mit meinen Leuten die Steuereintreibung in Kleinpfennig unterbrechen!" Flo rümpft sich die Nase und sagt mit einem Lächeln: „Ja, so sieht´s aus. Ihr könnt auch die Kasse mit dem ganzen Geld hier stehen lassen." Er sieht die großen

Säcke, die links und rechts an den Pferden hängen. „Die armen Pferde sind bestimmt froh, wenn wir ihnen die Last abnehmen, oder?"

So langsam wird die Stimmung des Hauptmanns ziemlich schlecht; er spricht in sarkastischem Tone: „Jetzt reicht's. Ihr müsst keine Straßensteuer bezahlen, weil ich eure Köpfe als Warnung für alle anderen aufspießen werde." Er zieht sein Schwert und hält es hoch: „Zu den Waffen und hebt mir die Köpfe auf!"

Der Bogenschütze zielt direkt auf Flo. Gleichzeitig zischt Tanjas Pfeil durch die Luft und trifft den Gegner in den rechten Oberschenkel. Durch seine eigene Verletzung verfehlt er seinen Schuss auf Flos Bauch, trifft ihn aber in den linken Arm. Alex und Silvi stellen sich mit erhobenem Schild vor Flo und winken ihn zurück, während der Hitzepfeil den Bogenschützen verbrennt. Die Geldsäcke fallen zu Boden als das Pferd Reißaus nimmt. Als sich Flo zu Elke zurückzieht, schießt Tanja einen weiteren Pfeil auf einen der Soldaten ab und trifft ihn in den Hals. Während sich Alex, Sandra, Silvi und Daniel seitlich in eine Linie stellen, kommen die Soldaten langsam auf sie zu. Plötzlich ruft Tanja: „Hier bin ich!" In dem Moment, als die Krieger in die Richtung von Tanja blicken, setzt Elke ihren Blitzzauber ein. Im grellen Licht rennen alle vier auf die Soldaten zu. Die vorderen können nichts mehr sehen. Sie schlagen mit ihren Waffen wild um sich und verletzen sich zum Teil gegenseitig. Sie schaffen es, trotz des Fuchtelns mit den Waffen, die vorderen fünf Schergen mit gezielten Treffern zur Strecke zu bringen, während der Anführer und die restlichen vier Soldaten zum

Angriff stürmen. Ein weiterer Pfeil von Tanja zischt auf den Bauch des Anführers zu, der nach dem Treffer aus dem Sattel fliegt. Daniel sieht zu, wie Sandra mit ihrem Streitkolben zwei Soldaten gleichzeitig mit einem schwungvollen Schlag erledigt. Alex und Daniel folgen den letzten beiden Soldaten, die die Flucht ergreifen wollen. Elke und die anderen hören Alex brüllen: „Jetzt seid ihr fällig." Die Soldaten wimmern: „Bitte um Gnade." Nach einem metallischen Klirren und dem letzten Aufschrei kommen kurze Zeit später Alex und Daniel mit einem Lächeln zurück.

Als diese im Licht der Feuerstellen zurückkommen, zieht Elke gerade den Pfeil aus Flos Arm und bindet die Wunde mit einem Tuch ab. Daniel holt die Säcke mit dem ganzen Geld her. „Also die haben schon viel eingenommen. Was sollen wir damit machen?" Silvi und Elke sagen kurz und knapp: „Natürlich geben wir es zurück. Vielleicht kann man es noch irgendwie nachvollziehen, wer bereits gezahlt hat." Daniel schaut in die Dunkelheit am Himmel und sieht einzelne Sterne leuchten. „Heute sollten wir nicht mehr weitergehen. Ich schlage vor, dass wir hier eine Stelle zum Übernachten suchen, an der keine gefallenen Krieger liegen. Morgen können wir die Reise fortsetzen. Flo und Alex erklären sich wieder dazu bereit, die Nachtwache zu übernehmen; die anderen schlafen schon nach kurzer Zeit ein.
Am nächsten Morgen wird alles aufgegessen, was übrig ist. Danach geht es mit verzogenen Gesichtern zu den getöteten Soldaten, um sie nach Wertsachen zu

durchsuchen. Die großen Geldsäcke der Wegesteuer hat Silvi bereits in den Karren verfrachtet. Als alles aufgesammelt ist, machen sie sich auf den Weg Richtung Kleinpfennig.

Auf dem Weg sehen sie auf dem Feld jemanden mit einem großen Heuwagen. Tanja stupst Alex an: „Brüll' mal zu dem auf dem Wagen rüber. Vielleicht können wir ein Stück mitfahren." Gesagt, getan. Alex rennt und brüllt in die Richtung. Der Wagen stoppt. Der Fahrer dreht sich um und wartet, bis Alex bei ihm ankommt. Halb außer Atem spricht ihn Alex an, ob er die Gruppe für etwas Geld mitnehmen könne. Der Bauer antwortet: „Da habt ihr aber echt Glück, denn der Heuwagen hat noch viel Platz für euch. Aber ich kann euch nur bis Kleinpfennig mitnehmen. Bestimmt sind dort noch die Schergen des Königs, um uns das restliche Geld aus der Tasche zu ziehen. Abends sind sie, nachdem ihnen ein Späher etwas gesagt hat, schnurstracks Richtung Scheckstadt gelaufen und keiner wusste, warum."

Als alle bei Alex und dem Bauern ankommen, entschuldigt sich Alex kurz und zieht Flo und Tanja zu sich und erzählt ihnen die Geschichte, die ihm der Bauer mit den Soldaten erzählt hat. Nach ein paar Minuten Tuscheln gehen sie zurück und Flo spricht ihn fragend an: „Kann es also sein, dass der König seine Soldaten geschickt hat, nur um diese sogenannte Wegesteuer einzutreiben?" Der Bauer streichelt sein Kinn und fragt Flo, woher sie das wüssten. Flo dreht sich zu den anderen um; alle nicken leicht. Er dreht sich wieder zu ihm: „Wir nehmen das Angebot der Mitfahrt sehr gerne an und ich sage ihnen gleich, was wir über die Steuer wissen." Sie machen es sich auf dem Heuwagen bequem. Alex und Sandra heben die kleine Karre auf den großen Wagen und die Pferde traben langsam Richtung Kleinpfennig. Während der Fahrt spricht Flo mit dem Bauern über die Wegesteuer und über die Ausbeutung durch den König. Andreas, der Schäfer – der Bauer – , seufzt und sagt: „Vor Jahren war der König noch ein liebenswerter Mensch, aber eines Tages fing er an, habgierig und größenwahnsinnig zu werden und wollte nur noch Geld und Macht haben. Viele sagen, er wurde verzaubert. Andere sagen, er hat eine Zauberkugel, mit dieser er so mächtig geworden ist. Es gibt viele Gerüchte, aber niemand unternimmt etwas gegen seine Machenschaften. Es gibt auch Leute, die etwas gegen ihn unternehmen wollten. Sie wurden jedoch getötet.. Dies soll eine Warnung sein, damit niemand mehr versucht, sich gegen ihn zu stellen." Flo verlangt von Silvi einen der großen Geldsäcke und zeigt ihn Andreas. „Wir haben das ganze Geld von den Soldaten zurückgeholt und wollen es den Bürgern zurückgeben. Weißt Du, ob wir dem Bürgermeister vertrauen können?" Andreas staunt nicht schlecht über die Geldmenge. „Ihr seid aber wirklich sehr nett, dass ihr es nicht selbst behalten wollt. Schließlich ist es nicht wenig und ihr habt euer Leben dafür riskiert. Die Bürgermeisterin Thea von Vogel ist sehr vertrauenswürdig. Bei ihr seid ihr an der richtigen Stelle. Ich bringe euch direkt zu ihr."

Es dauert nicht lange, bis Andreas vor dem Rathaus mit einem *Brrrr* die Pferde zum Stehen bringt. Nachdem alle ausgestiegen sind, folgen Flo, Tanja und Sandra, die beide Geldsäcke trägt, in das Gebäude. Flo ist über das große goldene Schild an der Rathaustür: „*Wahre Freunde fordern nie, sie erkennen und geben*" sehr beeindruckt und wundert sich, dass das der König überhaupt zulässt.

„Hier entlang." Andreas zeigt auf die Wendeltreppe. Flo kann Treppen nicht leiden, aber wenn er zu Sandra blickt, die mit den Säcken problemlos nach oben spaziert, sagt er lieber nichts und folgt ohne Beschwerde.

Oben angekommen geht Andreas vor und klopft an die Tür mit der Aufschrift *Bürgermeisterin Thea von Vogel*. Nach dem *Herein* öffnet er die Tür und tritt ein. Er lässt sie offen, damit sie sehen kann, wer noch da draußen ist. Die drei bleiben zuerst draußen und warten, solange Andreas alles mit ihr bespricht. Während des Gesprächs kann Flo gut erkennen, wie Andreas auf jeden einzelnen von ihnen sowie auf die Geldsäcke zeigt. Er sieht auch, wie beide ans Fenster gehen und zu den anderen nach unten schauen.

Tanja flüstert leise: „Ich hoffe wirklich, dass es keine Falle ist. Ich möchte nicht kampflos aufgeben." In dem Moment ruft sie Andreas herein. Flo möchte eigentlich auf dem bequemen Stuhl sitzen bleiben, aber als Sandra ihm einen Stoß versetzt, steht er wackelnd auf und geht zu Andreas.

„Herzlich willkommen in Kleinpfennig", sagt Thea feierlich mit einer sanften, aber dennoch starken

Stimme. „Andreas hat mir schon vieles über euch erzählt, vor allem, dass ihr euch gegen den König erhebt und sogar schon einige Soldaten getötet habt." Sandra geht einen Schritt nach vorne und knallt beide Säcke voller Geld auf den Tisch.

Sie sagt stolz: „Wir möchten, dass sie allen das abgenommene Geld zurückgeben. Andreas hat uns erzählt, dass viele ihren letzten Cent hergeben mussten und damit kurz vor dem Ruin stehen."

Thea wirft einen kurzen Blick in die Geldsäcke und ist wirklich baff, wie viel sich da angesammelt hat. Sie setzt sich wieder und hält die Hand vor die Augen: „Wieso habe ich nur diesen Job angenommen?! Ich hätte nie gedacht, dass der König einmal so unbarmherzig wird. Bevor ich Bürgermeisterin geworden bin, war er stets ein sehr höflicher Mann. Als ich gewählt wurde, hat er sogar selbst das goldene Schild an der Eingangstür befestigt." Sandra reicht ihr ein Tuch, damit sie sich ihre Tränen abwischen kann.

Sie sagt zu ihr: „Sie können doch nichts dafür, dass sich der König so zum Negativen verändert hat. Es ist nicht ihr Fehler, aber wir wollen unbedingt herausfinden, was die Veränderung ausgelöst hat." Thea steht auf und spricht: „Ich hoffe, ihr findet heraus, was passiert ist. Ihr könnt mich übrigens gerne Thea nennen. Sie reicht allen herzlich die Hand und geht mit nach unten, um auch die anderen kennenzulernen.

Danach schlägt Thea vor, alle zum Essen einzuladen. Dagegen hat niemand etwas einzuwenden. „Da vorne ist ein schönes Gasthaus – wie gesagt: die Rechnung geht auf mich. Wollt ihr eure Sachen im Rathaus lassen?" Alle sind einverstanden.

Nachdem alles im Rathaus verstaut ist, verabschieden sie sich von Andreas. Als sie fast beim Gasthaus sind, zeigt Alex ein strahlendes Lächeln: „Also das Schild sieht schonmal sehr gut aus und deutet auf das große silberne Bierfass über dem Eingang. Es glänzt verführerisch schön in der Sonne. Elke spricht gedanklich zu ihm: *Lieber Alex, auch wenn wir heute eingeladen sind, musst du nicht das nachholen, was du sonst so trinkst.* Den Ausdruck der Enttäuschung kann sie gut in seinem Gesicht erkennen und schmunzelt, während sie das Gasthaus *Zum silbernen Hopfen* betreten.

Als die Bedienung die Bürgermeisterin sieht, begrüßt sie sie gleich und fragt, ob sie am üblichen Platz sitzen möchte. „Dieses Mal nicht, Aurelia. Ich habe Gäste dabei und am besten wäre es, wenn wir in einem separaten Raum sitzen könnten." – „Selbstverständlich. Folgen sie mir bitte." Sie gehen den langen Gang nach hinten in einen Raum, in dem etwa 20 Personen Platz haben. Zuerst bringt Aurelia die Getränke. Alex ist über sein frisch gezapftes Bier sehr glücklich und Flo freut sich über den leckeren Wein. Er riecht sofort den *Wilden Euronier* heraus. Die meisten sind erst einmal mit der Speisekarte beschäftigt. Nachdem Aurelia die sämtlichen Bestellungen aufgenommen hat, verlässt sie den Raum und macht hinter sich die Tür zu, damit die Gruppe ungestört ist.

Thea steht auf und erhebt ihr Glas: „Zuerst möchte ich auf euren Mut, eure Tapferkeit und eure überaus große Hilfe anstoßen." Alle stoßen gegenseitig an und nehmen einen kräftigen Schluck aus Gläsern und Krügen. Nachdem wieder alle abgesetzt haben, fragt Thea in die Gruppe, wie sie sich ihre weitere Reise und die Umsetzung ihres Vorhabens vorstellen. Tanja erzählt ihr den Hauptteil der Geschichte und den bisherigen Ablauf. Die anderen ergänzen, wenn Tanja etwas vergisst. Manchmal müssen sie die Erzählung auch unterbrechen, wenn Aurelia nach und nach die Speisen bringt. Da Tanjas Essen zum Schluss kommt, kann sie in Ruhe bis zum Ende erzählen.

Nachdem alle mit dem Essen fertig sind und Aurelia die Teller abgeräumt hat, möchte Thea natürlich wissen, was sie für das Team noch tun könne, bevor sie wieder abreisen. Tanja beginnt: „Gibt es hier jemanden, der Pfeile für meinen Bogen herstellen kann? Ich habe fast keine mehr in meinem Köcher." Auch Alex meint, dass ihre Waffen wieder einmal geschärft werden sollten. Die Einschläge in die Rüstung stumpften die Waffen nämlich etwas ab. In der Topasburg sollte jede Waffe in perfektem Zustand sein. Silvi meint, dass es nicht schlecht wäre, wenn sie heute Abend mal wieder in einem anständigen Bett übernachten könnten. Thea beugt sich leicht nach vorne und sagt: „Das mit dem Übernachten ist kein Problem. In Kleinpfennig gibt es eine kleine gemütlich Herberge. Für eure Waffen gibt es eine Frau, die eine kleine Schmiede hat und Pfeile herstellen kann. Ich glaube, sie kommt aus

Schotterhausen. Da der König sowas nicht duldet, hat sie diese im Keller versteckt." Daniel steht auf: „Eine Frau? Naja, ok. Dann sollten wir aber keine Zeit verlieren. Irgendwann fällt es dem König oder seinen Untertanen auf, dass die Steuereintreiber nicht zurückkommen oder es findet jemand die Reste der Soldaten auf dem Schlachtfeld." Jetzt erhebt sich auch Silvi: „Du hast Recht, Daniel. Damit wir zeitlich alles schaffen, sollen ein paar zur Schmiede und ein Teil zur Herberge gehen. Die Verpflegung dürfen wir aber auch nicht vergessen."

Während sich alle überlegen, wer welchen Teil übernimmt, kommt Aurelia herein und fragt, ob noch jemand etwas wolle. Als alle verneinen, geht Thea mit ihr hinaus, um alles zu bezahlen. Währenddessen machen sich alle zum Aufbruch bereit und gehen schon nach draußen, um auf Thea zu warten. Kurze Zeit später kommt sie heraus. Es geht zurück zum Rathaus. Auf dem Weg zeigt ihnen die Bürgermeisterin die Herberge und die Straße, die zur geheimen Schmiede führt.

Im Rathaus angekommen fragt Alex Thea, ob es irgendwo eine Möglichkeit gebe, Pferde samt Wagen zu kaufen. Er sieht zu Flo, dieser nickt. Er dreht sich wieder zu Thea: „Wir haben auch die finanziellen Mittel dafür und würden natürlich bezahlen." Die Bürgermeisterin ruft nach einem ihrer Gehilfen und flüstert ihm etwas ins Ohr. Elke kann sie dank ihrer Magie gut hören, behält es aber für sich und lächelt stattdessen in ihre

Richtung. Der Gehilfe eilt los und die Bürgermeisterin geht nach oben. Nach einigen Minuten hört man die Kirchturmglocken von nebenan läuten. Alex möchte schon zum Karren rennen und seine Axt holen, aber Elke hält ihn fest und sagt beruhigend: „Es ist alles ok. Lasst uns nach draußen gehen."

Als die Truppe die Tür öffnet, sieht sie alle Einwohner auf den großen Rathausplatz zugehen. Daniel fragt Elke nochmals, ob denn wirklich alles ok sei; sie bleibt locker und blickt nach oben, wo die Bürgermeisterin die Tür zum Balkon öffnet. Nun herrscht absolute Stille und Thea fängt an, in lautem Tone zu sprechen: „Liebe Mitbürgerinnen und Mitbürger. Ich möchte euch mitteilen, dass wir in unserer Stadt Kleinpfennig neue Freunde gefunden haben, die sich mutig gegen den König Topas stellen. Sie haben sich sehr tapfer bewiesen und die Wegesteuer, die bereits größtenteils von euch geholt worden ist, ehrenwerterweise wieder zurückgebracht. Ich werde euch euer Geld später wieder geben." Zwei Gehilfen heben einen Sack voller Münzen hoch, damit ihn alle sehen können. An vielen Ecken hört und sieht man Erstaunen. Thea zeigt auf die Kriegertruppe. „Da sind die tapferen Helden. Sie werden nicht ruhen, bis das Elend vorbei ist." Man hört großen Jubel aus der Menschenmenge und alle Bürger klatschen Beifall. Thea hebt die Hand, alle verstummen. „Jetzt brauchen sie aber auch unsere Hilfe. Sie benötigen für die weitere Reise Verpflegung, Pferde und einen Wagen, in dem alle Platz finden. Könnt ihr ihnen das alles bereitstellen oder etwas zu einem guten Preis verkaufen?" Man hört ein lautes Getuschel. Kurze Zeit später kommen einige Bürger nach vorne. Sie geben ihnen viel mehr, als sie gedacht haben. Viele bieten Lebensmittel und Getränke an. Dann kommt eine ältere Dame nach vorne und möchte ihnen die Pferde samt großer Kutsche ihres kürzlich verstorbenen Ehegatten schenken. Als Dank fangen erst die Krieger und dann alle anderen an zu klatschen.

Als die Einwohner wieder zu nach Hause sind, teilt sich das Team auf, um sämtliche Geschenke der überaus netten Bevölkerung anzunehmen. Keiner der Bürger verlangt Geld; alle finden die Courage der Krieger besonders lobenswert. Die Gruppe macht sich auf den Weg. Tanja und Sandra nehmen die Karre mit den Waffen, um zu Saras Schmiede zu gehen. Zur Sicherheit hat Thea ein paar Zeilen geschrieben, damit sie weiß, wer die beiden sind. Während des Spaziergangs schaut Tanja zu Sandra, die etwas nachdenklich dreinblickt. „Stimmt was nicht, Sandra? Seitdem Thea die Schmiede angesprochen hat, schaust Du so gedankenverloren." Sandra schüttelt leicht den Kopf: „Alles gut, Tanja. Es ist nur fast unmöglich, dass…" – „Wir sind da", unterbricht Tanja, „hier muss es sein." Als sie das Haus erreichen, betrachten sie den Namen an der Haustür. „Tatsächlich, Sandra. Hier muss es sein. Aber, dass hier eine Schmiede sein soll, sieht man wirklich nicht. Nicht einmal ein weiterer Schornstein aus dem Keller ist zu sehen." Tanja klopft an die Tür. Beide hoffen, dass Sara daheim ist. Tanja klopft noch einmal an die hölzerne Tür. Auf einmal hören beide ein sich näherndes lautes weibliches Fluchen. Kurz darauf öffnet sich die Tür einen kleinen Spalt.

„Ja bitte?", hören sie aus dem Spalt heraus, aber weder Sandra noch Tanja kann jemanden erkennen. „Ich bin Tanja und neben mir ist Sandra. Wir kommen von der Bürgermeisterin Thea von Vogel." Sie sagt, dass sie uns bei unserem kleinen Waffenproblem helfen könnten." Tanja schiebt Theas Brief durch den Schlitz. Die Frau zieht ihn zu sich und knallt die Tür wieder zu. Sandra und Tanja schauen sich fragend an und überlegen, was sie jetzt machen sollen. Als Sandra gerade an die Tür klopfen will, geht sie auf. Eine kleine muskulöse Frau mit verrußtem Gesicht winkt die beiden herein. Sandra zieht die Karre mit ins Haus und schließt die Tür hinter sich.

Die verrußte Frau nimmt erst einmal einen Lappen und wischt sich den groben Schmutz aus dem Gesicht und legt ihn dann auf den Tisch. „Nehmt jetzt erstmal Platz, ihr Lieben. Wollt ihr einen selbstgebrannten Schnaps? Der ist mir sehr gut gelungen." Bevor sie antworten können, stehen die gefüllten Schnapsgläser schon vor ihnen. „Zum Wohl – auf ex bitte."

Nachdem jede ihr Gläschen auf ex getrunken hat, erkennt Sara genau, wer so etwas schon öfter gemacht hat. Bei Sara und Sandra sieht es so aus, als hätten sie Wasser getrunken – bei Tanja allerdings könnte man meinen, sie überlebe den Tag nicht mehr. Als sie einen Klaps auf den Rücken bekommt, verfärbt sie sich wieder in den Normalzustand. Sara ist sehr erstaunt darüber, dass man Sandra ihre selbstgebrannten

Schnäpse problemlos anbieten kann und schenkt ihr gleich einen zweiten ein.

„Jetzt zeigt mir mal, was ihr für ein Waffenproblem habt. Sie beäugelt sämtliche Waffen sehr genau. Ganz besonders ist sie von Alex' Axt beeindruckt. Bei Sandras Schlagkolben schaut sie genau auf die Einkerbungen. Tanja fällt auf, dass Sara währenddessen sehr nachdenklich ist. Als sie Flos Dolch in die Hand nimmt, grinst sie und fragt, ob dies das Buttermesser sei. Sandra überlegt und springt wie aus dem Nichts auf: „Natürlich bist Du es, Züfli!" Tanja sieht erschrocken zu Sandra: „Ich denke, sie heißt Sara. Zumindest wurde uns das so gesagt und…" Sandra unterbricht Tanja. „Zeig' mir deinen rechten Fuß, Züfli! Ich will die Narbe sehen!" Sara schaut zu Sandra und zieht ihr rechtes Hosenbein hoch. Sandra schaut auf die Narbe, die wie ein Kreuz aussieht. „Züfli! Du bist es wirklich! Komm, lass' dich drücken!" Bevor Sara etwas sagen kann, wird sie von Sandra so fest umarmt, dass es ihr ziemlich schwerfällt, zu atmen. Als sie losgelassen wird, blickt sie zu Sandra, die ihr ebenfalls ihre Narbe am rechten Fuß zeigt. Sara blickt auf sie und begreift endlich, wer es ist. Tanja schaut etwas verdutzt drein: „Könnt ihr mir mal bitte sagen, was hier los ist?" Sara und Sandra schauen sich an und sagen synchron: „Wir haben beide in der Silberschmiede gearbeitet und sind beide gleichzeitig mit dem Fuß am heißen Ofen hängen geblieben." Tanja ist verblüfft darüber, dass sie es gleichzeitig gesagt haben. Als hätten sie es zuvor geübt. „Woher kommt der Name *Züfli*?" Sandra schaut zu Tanja: „Das ist ihr Spitzname. Du kannst dir gar nicht vorstellen, wie -ZÜgig- und -FLink- die liebe Sara in der Schmiede gewesen ist. So bin ich auf ihren Spitznamen gekommen." Jetzt versteht es auch Tanja. „Es freut mich sehr, dass ihr euch wiedergefunden habt. Ihr könnt euch gleich alles erzählen, aber zum einen sind wir wegen der Waffen und der neuen Pfeile da und zum anderen muss ich dringend pinkeln." Sara lacht und zeigt Tanja den Weg zum Klo.

Als Tanja blitzschnell verschwindet, erzählen sich die beiden, was so alles in ihrer Vergangenheit passiert ist. Sara spricht über ihren Lebenslauf in Kleinpfennig mit der geheimen Schmiede und Sandra über ihre komplette Geschichte mit ihren neuen Freunden. Sara gießt sich und Sandra abermals einen Schnaps ein und beide trinken auch diesen auf ex. „Jetzt sollten wir aber mal nach dem Wesentlichen schauen. Ich habe gerade schon die Waffen inspiziert; der Streitkolben hat wohl schon in viele Schädel eingeschlagen."

Sara zieht ein Stück Hirnmasse vom Kolben ab und wirft es in einen Eimer. „Viele sollten geschärft werden. Pfeile kann ich auch noch herstellen, aber dazu brauche ich den ganzen Tag. Habt ihr hier eine Möglichkeit zum Übernachten gefunden?" „Ja, die sollten wir eigentlich bei der Herberge bekommen, die uns Thea empfohlen hat. Wenn du willst, kann ich dir bei der Arbeit helfen. Wir haben doch lang genug zusammengearbeitet. Zeig mir mal deine Schmiede." Als Tanja zurückkommt, sieht sie noch von beiden einen Faustgruß und wie sie in einen Raum nebenan verschwinden. Tanja ruft noch hinterher: „Ok, ich warte hier auf euch", legt sich auf Saras Sofa und schläft sofort ein.

Als die beiden ein paar Stunden später aus dem Keller kommen, ist Tanja gerade am Aufwachen und fragt, wann sie mit der Arbeit beginnen wird. Die zwei schauen sich an und Sara spricht mit einem etwas lauten Ton: „Du Schlafmütze! Während du mein Sofa mit deinen Träumen gefüllt hast, haben wir stolze Arbeit geleistet. Wir haben sämtliche Waffen geschärft und für deinen Bogen neue Pfeile hergestellt. Als Dank dafür kannst du wieder alle Waffen aus dem Keller holen!" Tanja springt nach der lauten Aufforderung auf und macht sich auf die Suche nach dem Gang zum Keller, um alles zu holen. Während sie im Untergrund verschwindet, fragt Sandra: „Züfli. Wir haben doch schon alle Waffen nach oben gebracht?!? Wieso schickst du Tanja nach unten? Sara lacht und gießt sich und Sandra einen weiteren Schnaps ein. „Wenn sie schon nicht mithilft, soll sie sich wenigstens etwas bewegen. Dich habe ich gewarnt, dass es aufgrund meiner Körpergröße im Keller ziemlich tief gebaut ist, aber sie wird es bestimmt merken. Keine zwei Sekunden später hören sie ein: „Autsch, mein Kopf" und die Schnapsgläser klingen im Gelächter aufeinander. Tanja kommt mit der Hand am Kopf zurück. „Wo sollen die Waffen sein? Ich finde unten nichts." Sie sieht neben sich den Karren, auf dem sämtliche Waffen aufgeladen sind. Sara räumt die leeren Schnapsgläser weg und sagt: „Ach, tut mir leid, Tanja. Wir haben bereits alles nach oben geräumt. Haben wir irgendwie vor lauter Schnaps vergessen. Jetzt könnt ihr alles wieder mit zu eurer Herberge

nehmen." Tanja schaut Sara leicht böse an, aber sauer kann sie eigentlich nicht sein. Schließlich hat sie auch schöne neue Pfeile gemacht, wofür sie sich herzlich bedankt.
Sandra drückt Sara nochmals fest und wünscht ihr alles Gute – auf baldiges Wiedersehen! Auch Tanja verabschiedet sich und beide machen sich am frühen Abend auf den Weg zur Herberge.

Sandra und Tanja finden die Herberge *Schlafmünze* recht schnell. Dort sehen sie alle anderen an den äußeren Tischen und Bänken sitzen und die restliche Sonne am Horizont genießen. Alex sitzt mit seinem Zwei-Liter-Bierkrug neben Flo, der sich mit seinem Wein angefreundet hat. Die anderen trinken verschiedene Getränke, die die Kellnerin Carmela vorgeschlagen hat. Silvi sieht die beiden zuerst, steht auf und ruft ihnen zu: „Sandra und Tanja! Kommt, setzt euch zu uns. Wir haben mit dem Essen auf euch gewartet." Sandra fragt, ob sie nicht lieber reingehen sollten, bevor es zu dunkel wird. Sie stimmen ihr zu und alle begeben sich hinein, um sich ein Abendessen zu gönnen, bevor es für alle ins Traumland geht.
Am nächsten Morgen werden sie von Carmela geweckt. Bevor Sandra die zart gebaute Carmela am Kragen packen und sie lautstark fragen möchte, was der Blödsinn mit dem Aufwecken solle, stellt sich Elke dazwischen: „Ganz ruhig Sandra. Wir haben Carmela darum gebeten, dass sie uns morgens weckt, damit wir nach dem Frühstück beim Rathaus die Geschenke der Bevölkerung abholen können. Sandra entschuldigt sich

bei Carmela, die zitternd die Entschuldigung annimmt. Danach zeigt sie Flo den Weg zum Frühstücksraum. Als sich dort alle zusammenfinden, können sie sich an der Wurst, dem Käse und der Schinkenplatte richtig satt essen und genießen einen leckeren Tee dazu. Carmela achtet immer darauf, dass von allem genug da ist. Bei jeder freundlichen Bitte um Nachschub reagiert sie sofort und bringt alles Fehlende innerhalb kurzer Zeit.

Nach dem Frühstück bezahlt Flo erst einmal die Unterkunft und die Verpflegung und wünscht ihr einen schönen Tag. Seine Wunde ist sehr gut verheilt; er spürt fast keine Schmerzen mehr. Sandra geht erneut auf Carmela zu und entschuldigt sich nochmals für das Missgeschick am Morgen. Alle packen ihre Sachen. Mit dem Karren geht es zurück zum Rathaus.

Dort sehen sie schon, dass die meisten großzügigen Bürger bereits warten und all das gebracht haben, was sie versprochen hatten. Selbst die Pferde mit Kutsche stehen schon bereit.

Als sie sich bei allen für die Geschenke bedanken, kommt auch Thea vorbei, um ihnen nochmals viel Glück zu wünschen. Sie hat auf die Bitte von Daniel gehört und eine Bescheinigung für die Schifffahrt über den Platinfluss geschrieben. Während sie sie ihm gibt, warnt sie alle: „Passt aber auf, wenn ihr auf dem Platinfluss seid. Dort sind viele Seeräuber unterwegs und es wurden schon viele Schiffe geentert. Ich möchte nicht, dass euch dasselbe passiert." Während Daniel die Papiere zu sich nimmt, lacht Alex auf: „Also auf diese Seeräuber bin ich echt gespannt. Wenn die wüssten, mit wem sie sich anlegen, wären sie froh, diesen Nonsens nicht zu planen." Sandra klopft ihm auf die Schulter: „Ich freu' mich auch schon, die geschärften Waffen im Einsatz zu sehen, aber eigentlich sollten wir unsere Kräfte aufsparen, bis wir bei der Topasburg sind. Elke kann uns auch nicht immer die Kräfte von jemand anderem geben und sowas wie mit Silke soll auch nicht mehr passieren." Alex zeigt Sandra, dass sie Recht hat und hilft beim Einladen.

Als die Kutsche mit allem bepackt ist, bedanken sie sich nochmals für die wertvolle Hilfe. Tanja lenkt den Wagen Richtung Platinfluss.
Elke ist über die Größe des Gespanns erstaunt. „Die Kutsche ist wirklich groß und unser Essen reicht für eine lange Zeit." Sandra zückt eine Flasche mit Züflis Schnaps: „Und wenn es mal langweilig sein sollte, habe ich hier ein gutes Gegenmittel. Will mal jemand probieren?" – „Die Flasche solltest Du aufheben. Damit können wir hoffentlich unseren Sieg feiern", antwortet Flo und versucht, wie alle anderen auch, ein Nickerchen zu machen.

Am späten Nachmittag ruft Tanja, dass sie am Platinfluss angekommen seien. Als keine Reaktion kommt, brüllt sie nochmals nach hinten. Alex antwortet: „Jaja – jetzt schrei' doch nicht so. Wir sind ja nicht taub." Tanja zügelt die Pferde auf einen langsamen Schritt. Sie nähern sich langsam, aber sicher dem riesigen Dock am Platinfluss. Silvi schaut nach vorne und sieht nur Wasser. „Das soll ein Fluss sein?

Das kommt mir wie ein gigantischer See vor. Wo sind jetzt diese Schiffe?" – „Nur Geduld, Silvi", antwortet Daniel, „Thea sagte mir, dass wir auf dieser Straße bis zum Wasser bleiben sollten. Es komme mehrmals am Tag ein Schiff vorbei. Auf dieser Route seien es nur Warenhändler und Reisende. Vor Soldaten brauchten wir eigentlich keine Angst haben." Alex grinst nur: „Vielleicht haben wir mit diesen Trotteln, die sich Seeräuber nennen, Glück." Die anderen verdrehen auf Alex' Gerede hin nur die Augen und steigen erst einmal aus.

Als alle ausgestiegen sind, wird zuerst das gespendete Abendessen ausgepackt. Elke macht wieder ein schönes Lagerfeuer; alle greifen tüchtig zu.

Nach dem Essen werden Sandra und Tanja für die Nachtwache ausgewählt. Während sich alle einen schönen Platz auf der Wiese rund um das Lagerfeuer suchen, überlegen sich die beiden, was sie die Nacht über tun sollen, damit es ihnen nicht zu langweilig wird. Da ihnen aber nichts einfällt, unterhalten sie sich bis in die Morgenstunden über Sara alias Züfli.

Nachdem alle ausgeschlafen haben und sich am Platinfluss frisch gemacht haben, nimmt jeder ein schönes Frühstück zu sich. Als die letzten Bissen genommen worden sind, ruft Flo: „Schaut mal! ‚Da vorne scheint ein Schiff zu kommen. Hoffentlich ist es das Schiff, das wir erwarten." – „Ach, bestimmt", meint Elke. „Wenn ich irgendwelche Soldaten auf dem Schiff spüren sollte, melde ich es euch sofort."

Das Schiff nähert sich langsam dem Dock. Als es anlegt, steigen viele aus. Überwiegend sind es Händler mit Pferden und Kutsche. Daniel meint: „Also eins muss man wirklich sagen: Das Dock ist wirklich sehr gut konstruiert. Das Gewicht von Pferden und Kutschen hält es ohne Probleme aus. Aber jetzt warten wir erstmal, bis alle von Bord sind und dann steigen wir ein. Ich gehe mit dieser Bescheinigung vor.

Als alle von Bord sind, geht die Gruppe auf das riesige Schiff. Daniel gibt den Herren an Deck die Bescheinigung von Thea, sodass sie auf das Schiff dürfen. Silvi fragt, wie lange die Fahrt dauern würde. „Wenn das Wetter weiterhin so schön bleibt, sollten wir eigentlich in einigen Stunden auf der anderen Seite sein. Zum Glück gab es schon lange keine Probleme wie Seeräuber mehr. Aber dafür haben wir ja die drei Seeleute mit Schwertern bewaffnet." Alex blickt zu den Dreien und sagt leise zu Tanja: „Das sind ja fast noch Kinder. Ich bezweifle, dass die etwas tun können, wenn das Schiff geentert würde." Tanja schaut gerade rüber und sieht, wie einer der jungen Seeleute versucht, das Schwert zu schwingen. Aber als er bei den Übungen umstürzt, schüttelt sie nur den Kopf. Da die anderen den Sturz auch gesehen haben, hoffen alle nur, dass diese Stunden so schnell wie nur möglich vorübergehen.

Als der laute Befehl: „Anker lichten" ertönt und sich das Schiff vorwärtsbewegt, setzen sich alle auf die Bänke, die an der Reling befestigt sind. Elke und

Sandra, die noch nie auf einem Schiff gewesen sind, wird es zwar leicht übel, aber übergeben müssen sie sich bisher nicht. Sie schauen einfach aufs Wasser und auf die Segel, die schön im Wind flattern. Flo und Daniel haben es sich in der Kutsche bequem gemacht und halten ein kurzes Nickerchen ab. Alex, Silvi und Tanja nehmen sich auf dem Deck einen Apfel und führen eine Art Wettrollen durch. Irgendwie scheint der Apfel von Alex am rundesten zu sein, denn die meisten Rennen gewinnt sein Apfel.

Als Tanja gerade die Äpfel einsammelt, hören alle die Schiffsglocke und ein lautes: „Alarm!". Flo und Daniel kommen aus dem Karren und fragen, was los sei. Elke zeigt Richtung Bug und spricht per Telepathie: *Seht mal da vorne. Da kommen zwei kleine Schiffe mit schwarzen Flaggen. Ich glaube nicht, dass die freundlich sind. Wir verstecken uns jetzt erstmal mit unseren Waffen hinten am Heck und warten ab, was passiert.*

Es fliegen Enterhaken auf die Reling und zehn Bewaffnete klettern an Deck. Drei von ihnen stürmen die Brücke. Die jungen Burschen lassen sofort die Schwerter fallen und ergeben sich.

Daniel schaut vorsichtig hinter den großen Kisten am Heck hervor und sieht das üble Gesindel. Er dreht sich wieder zur Truppe: „Naja, so viel zum Thema Sicherheit auf dem Schiff. Da hätten sie auch ein Schild mit den Worten: *Geht weg* befestigen können." Alex bleibt locker: „Wir haben doch zusammen schon viel geschafft. Dann schaffen wir das auch noch. Also schnappen wir uns die Waffen und helfen den drei

jungen Burschen aus den Klauen dieser Arschgeigen."
Bevor Elke nach dem Hitzezauber fragt, sagt Tanja leise:
„Das geht nicht. Wenn der Pfeil nicht trifft, steht das
halbe Schiff in Flammen. Wir werden es auch so
schaffen." Sie nimmt ihren Bogen und einen Pfeil aus
dem Köcher und legt an.
Flo und Sandra schauen zu Alex und warten ab, was er
tun wird. Er sagt ganz locker: „Eigentlich ist Flo immer
für die Taktik verantwortlich, aber wenn ihr mich fragt:
Tanja, du beginnst mit dem ersten Schuss auf einen der
beiden rechts und wenn du den zweiten Pfeil
abfeuerst, stürmen Sandra und Daniel und ich auf der
linken Seite zu den anderen. Flo und Silvi: Ihr schaut,
dass die Toten auch wirklich tot sind. Zur Not könnt ihr
auch nochmals zuschlagen. Wenn dort alle erledigt ist,
kümmern wir uns noch um die auf der Brücke." Alex
schaut zu Elke: „Hast du einen passenden Zauber auf
Lager?" Elke überlegt: „Er hat mir einen Nebelzauber
beigebracht. Hilft das?" Alex denkt kurz nach: „Der
könnte wirklich funktionieren. Ich gebe dir Bescheid,
sobald du ihn auf der Brücke einsetzt."
Elke nickt und versteckt sich wieder. Alex klopft Tanja
leicht auf den Rücken und geht wie alle anderen in
Position. Tanja holt noch einmal tief Luft, spannt den
Bogen und zielt auf den Rechten, der nahe bei den drei
Schiffsjungen steht. Der Pfeil zischt über das Deck und
trifft den Seeräuber direkt in den Kopf. Dieser sackt
sofort zusammen. Der Seeräuber neben ihm schreit
laut auf und alle sehen in die Richtung von Tanja, als sie
den nächsten Pfeil aus dem Köcher nimmt. Jedoch
denken die anderen mit und wollen um die Kisten

herum angreifen, damit sie nicht den nächsten Pfeil schießen kann. Als die ersten beiden um die hohen Kisten herum sind, werden sie vom Streitkolben und der Axt mit voller Wucht empfangen. Der Kopf wird durch den Streitkolben völlig zerfetzt und die Axt trifft den Zweiten durch einen sauberen Schlag. Gleichzeitig rennen Daniel und Flo um die Kisten herum, die Restlichen von beiden Seiten anzugreifen. Tanja spannt den Bogen und zielt auf die Tür der Brücke, während Silvi mit Elke nur sehen, wie die anderen Seeräuber durch mehrere Treffer besiegt werden.

Nachdem Daniel dem Letzten den Lebenshauch entzogen hat, schaut er zur Brücke: „Jetzt sind nur noch die drei Feiglinge übrig. Wie bekommen wir sie raus?"
Alex schaut lächelnd zu Elke: „Na mit Elke natürlich. Kommt mit. Wir warten vor der Brücke."
Achselzuckend folgen sie Alex und stehen angriffsbereit vor der Tür. Alex brüllt in Richtung der Brücke: „So, ihr Feiglinge. Eure Gefolgsleute haben schon das Zeitliche gesegnet und wenn ihr euch nicht ergeben solltet, werden wir die Brücke anzünden und verbrannte Leichen aus euch machen. Spareribs für die Haie."
Auf der Brücke hört man nur ein leises Murmeln. Nach kurzer Zeit schaut Alex zu Elke und gibt ihr das Zeichen für den Zauber. Während sie anfängt, den Spruch aufzusagen, brüllt Alex nochmals: „Das ist eure letzte Chance. Kommt raus oder das Ende naht." Als der Spruch seine Wirkung zeigt und sich Rauch in der Brücke bildet, geht die Tür auf und die Seeräuber kommen unbewaffnet und mit erhobenen Händen samt dem Kapitän nach draußen.

Während Sandra und Tanja die Stellung halten, betrachtet Flo die zitternden Seeräuber. Er tritt gemeinsam mit der Gruppe etwas zurück und fragt leise, was jetzt mit ihnen geschehen solle. Elke und Silvi meinen, es sei besser, sie am Leben und auf die Boote zurückkehren zu lassen. Alex und Daniel sind für eine Lektion und Exekution. Flo denkt nach und sagt: „Eigentlich wollen wir nur herausfinden, warum der König plötzlich so böse geworden ist. Wir töten doch nur, wenn es keine andere Möglichkeit gibt." „Du hast recht, Flo", antwortet Alex. „Ich kümmere mich um die Seeräuber" und geht mit seiner Axt zu den Dreien. Daniel will ihn noch aufhalten, aber zu spät: Alex ist bei ihnen. Er erhebt die Axt und schlägt den Stiehl auf den Boden. Er brüllt: „Jetzt hört mal zu, ihr Drecksäcke. Wenn ihr es noch einmal wagen solltet, euch irgendeinem Schiff zu nähern, hänge ich euch an den Mast! Jetzt verschwindet!"
Das lassen sie sich nicht zweimal sagen. Sie verbeugen sich mehrmals und verschwinden zu ihren kleinen Booten.
Als sie von Bord gegangen sind, kommen der Kapitän und ein Teil der Besatzung zu ihnen. „Wir wissen gar nicht, wie wir euch danken können. Gibt es etwas, was wir für euch tun können?" Tanja überlegt kurz und geht mit ihm auf die Brücke. Die anderen schauen sich fragend an und warten ab.
Kurze Zeit später kommt Tanja wieder heraus. Bevor alle fragen, was los sei, erzählt sie ihnen den Plan: „Passt auf. Ich habe ihm gesagt, dass er uns etwas weiter weg von Edelheim absetzen solle. Es gibt zum

Glück noch ein älteres Dock, das man nutzen kann. Da fahren wir jetzt hin." – „Das ist natürlich perfekt", sagt Elke. „Wir haben ja wohl keine Lust, von sämtlichen Soldaten in Empfang genommen zu werden. Wie lang dauert die Fahrt denn noch?" – „Nicht mehr lange", antwortet Tanja. „Es ist sogar kürzer als die normale Route." Sie schaut zu Alex und Silvi: „Wenn ihr noch ein bisschen Apfelwettrennen spielen wollt, könnt ihr das jetzt gerne tun."
Nach nicht so langer Zeit ruft der Kapitän, dass sie bald da seien. Alex sammelt die Äpfel ein und schaut nach den anderen, die einen kleinen Spaziergang um das Deck machen. Daniel pinkelt gerade noch über die Reling und Elke liegt auf der Bank und hält ein kleines Schläfchen.

Als das Schiff anhält, verabschieden sich alle voneinander und wünschen sich gegenseitig eine gute Zeit. Das Schiff legt nach dem Ausladen der Truppe recht schnell wieder ab und Tanja studiert die Karte, die sie vom Kapitän bekommen hat. Sie zeigt sie den anderen: „Wir sind jetzt genau hier. Da wir noch genug Verpflegung haben, schlage ich vor, wir gehen weit um die Stadt Edelheim herum und meiden die Straßen. Wenn auch nur einer mitbekommt, dass wir hier sind, ist alles vorbei." Flo kratzt sich am Kopf: „Dass unser Proviant reicht, kann ich nicht garantieren. Gibt es keine andere Stadt außerhalb der Grenze?" Tanja schaut nochmal genau: „Du hast Recht, Flo. Hier gibt es noch das Schillingdorf. Es liegt außerhalb und ist recht nah an der Topasburg. Sollen wir es wagen?" Alle finden die Idee sehr gut und die Kutsche macht sich auf den Weg Richtung Schillingdorf.

Die Kutsche ist durch die fehlende Straße ziemlich stark am Holpern. Elke wie auch Sandra geht es nicht besser als auf dem Schiff, aber sie konnten es bisher bei sich behalten.
Gegen Abend hält Tanja vor dem Dorf an und alle nehmen sich aus den Proviantkisten ausreichend zu Essen. Natürlich zaubert Elke wieder ein schönes Lagerfeuer und jeder genießt den schönen Abend. Viele machen sich schon Gedanken, wie es in der Topasburg wird und Tanja packt Davids Karten aus, um sich schon einmal Gedanken darüber zu machen, wie und wo man in das Schloss kommt. Da die meisten schon sehr müde sind, schlafen dieses Mal alle schnell ein. Silvi und Tanja sind halten die heutige Nachtwache ab und passen gut auf. Schließlich sind sie jetzt schon sehr nah beim König. In der Nacht hören Silvi und Tanja Geräusche. Durch den Vollmond können sie ein paar Gestalten mit Fackeln in der Ferne erkennen. Schnell wecken sie die anderen und fragen Elke, was und wie viele sie sehen kann. Elke konzentriert sich und sagt: „Also ich kann nur drei berittene Späher erkennen, die mit Schild und Lanze unterwegs sind." Sie schaut genauer hin: „...sie kommen direkt auf uns zu. Sie werden das Lagerfeuer gesehen haben. Verstecken können wir uns ja schlecht. Wenn auch nur einer von denen durchkommt, wird der König gewarnt sein." – „Jetzt mach uns keine Angst, Elke", sagt Flo, „Vielleicht denken sie, dass wir nicht bewaffnet sind. Es ist wichtig, dass wir uns aufteilen

und etwas außerhalb vom Lichtkreis stehen. Tanja, Wir zählen abermals auf deine Schießkünste und ich setze mich ans Lagerfeuer und versuche, sie in ein Gespräch zu verwickeln. Dann könnt ihr zuschlagen." Elke schüttelt den Kopf: „Du bist dann aber unbewaffnet und wenn sie um dich herumstehen, kannst du dich nicht wehren. Wir müssen eine andere Lösung finden…" – „Nein, Elke. Dafür ist keine Zeit mehr. Vertrau' mir. Das wird schon funktionieren und jetzt versteckt euch. Ich nehme zur Tarnung ein Stück Brot und etwas Schinken in die Hand." Elke sagt per Telepathie zu den anderen. *Bitte passt mir auf Flo auf. Ich will ihn nicht verlieren.* Sie hört von überall: *Wir auch nicht.*

Jeder geht in Position. Als die Späher an der Feuerstelle ankommen, gehen zwei von ihnen direkt auf Flo zu. Einer von ihnen bleibt weiter außerhalb der Feuerstelle. Einer der Späher spricht Flo an: „Hey du! Woher kommst du und machst du hier? Wer oder was ist in der Kutsche?" Flo beißt noch ein Stück Brot ab, steht auf und antwortet völlig locker: „Ich bin ganz allein hier. Ich reise von Stadt zu Stadt und will mir das ganze Land von unserem geschätzten König anschauen. Hab' ich etwas falsch gemacht?" Plötzlich springt der zweite Späher vom Pferd ab und geht Richtung Kutsche. „Dann wollen wir doch mal sehen, ob ihr die Wahrheit sagt." Während der andere die Lanze gezielt auf Flo hält, geht er auf die Kutsche zu und öffnet die Tür. Plötzlich sieht man im Mondlicht eine Schwertspitze aufleuchten, die in Richtung des Halses des Spähers an der Kutsche schnellt; er fällt röchelnd zu Boden. Knapp eine Sekunde später zischt ein Pfeil Richtung des anderen Spähers. Er trifft ihn in die linke Schulter, wodurch er schmerzerfüllt die Lanze fallen lässt und im Galopp Richtung Edelheim reitet. Der dritte Späher wird von Sandra überrascht. Sie schlägt ihn mit der enormen Kraft des Streitkolbens aus dem Sattel.

Als der Soldat nach oben blickt, sieht er nur Sandras Streitkolben, der mit rasanter Geschwindigkeit auf ihn zufliegt und mit einem unangenehm knirschenden Geräusch auf ihm landet.

Alex schreit laut auf: „Sandra! Hör auf damit. Du bist ja noch schlimmer als ich." Flo ruft zeitgleich Tanja zu: „Wieso ist der verletzte Späher eigentlich nicht durch den Hitzepfeil getötet worden?" Tanja und Elke schrecken auf: „Scheiße. Wir haben vergessen, den Pfeil mit dem Hitzespruch zu belegen." Flo will gerade das Stück Brot durch die Gegend werfen, aber er lässt es. Das bringt auch nichts. „Tja, dann wird spätestens in ein paar Stunden die Elite des Königs Bescheid wissen. Glücklicherweise weiß er nicht genau, wie viele wir sind und wie wir aussehen." Tanja fragt: „Sollen wir nicht langsam nach Schillingdorf? Vielleicht dürfen wir auch nachts in die Stadt hinein. Dann könnten wir uns noch eine Nacht ausruhen und am nächsten Abend in der Dunkelheit in die Burg eindringen." Flo denkt erneut nach: „Das ist eine gute Idee, Tanja. Bestimmt reiten morgen früh die ganzen Späher, Soldaten und Ritter aus, um uns zu suchen. Dann lass' uns beeilen und Schillingdorf so schnell wie möglich erreichen."

Die ganze Truppe steigt ein und Tanja gibt den Pferden die Sporen. Da es weiterhin einen wolkenfreien Himmel mit leuchtendem Vollmond gibt, kann Tanja recht schnell und ohne Probleme fahren. Es dauert nicht lange, bis Tanja Licht in der Ferne erkennen kann. „Wir müssen bald da sein", ruft sie nach hinten. Am nächsten Morgen erreichen sie die Stadt.
Am Eingang der Stadt stehen zwei Wächter, die Tanja anhalten. „Was wollen sie zu so früher Stunde bei uns?" Tanja erzählt ihnen, dass sie Reisende seien und nur für den Einkauf in die Stadt möchten. Die Wächter schauen sich an und überlegen, ob sie die Gruppe hineinlassen sollen. Als Tanja ein kleines Säckchen voller Geld schüttelt, kommt einer der Aufpasser her, nimmt das Säckchen und gestattet ihr den Zutritt.

Die anderen bekommen in der Kutsche alles mit und denken sich dabei so etwas wie: *Mit Geld kann man eben viel erreichen.* Als Tanja zum Stadtrand gefahren ist, hält sie die Kutsche an und alle steigen aus. Daniel zeigt auf die Bänke: „Am besten, wir setzen uns dort hin und überlegen, was wir benötigen. Das Wichtigste ist, dass wir immer eine Ausrede haben, falls jemand fragt, wozu wir es brauchen." – „Das ist richtig", sagt Flo, „Zum Glück habe ich noch Stift und Zettel, damit jeder weiß, was er holt. Am besten ist es, wenn wir zu zweit gehen und Tanja auf die Kutsche aufpasst." Sie stimmt zu. Nun werden die Einkaufslisten aufgeschrieben.

Nachdem jeder seine passenden Zettel bekommen hat, machen sie sich auf die Suche nach den entsprechenden Verkäufern. Flo ist mit Daniel unterwegs, um Petroleumlampen zu besorgen. Flo grummelt zu Daniel: „Es war ja klar, dass wir zu dem Händler müssen, der ganz am Ende der Stadt liegt. Aber schau mal, Daniel. Da ist auch das Rathaus." Beim Vorbeigehen fällt Daniel auf, dass sich dort auch eine Gaststätte befindet. An der Eingangstüre steht: *Wirt und Bürgermeister Peter von Schilling. Ob Anträge oder Essen. Bei uns sind Sie immer willkommen.* Flo kratzt sich am Kopf: „Also sowas könnte man doch auch bei uns machen. Während der Antragsbearbeitung gibt es erstmal ein Bier und was zu Essen. Das müssen wir den anderen erzählen."

Silvi und Elke sind dabei, Kerzen und große Socken einzukaufen. Sie haben Glück. In der Nähe haben sie einen Händler gefunden. Auf die Frage, wozu sie so viele Socken in Übergröße benötigen, sagte Elke nur, dass sie es für einen Kindergeburtstag brauchten, damit sich viele als Clown verkleiden könnten. Der Verkäufer schüttelt nur den Kopf und reicht ihnen acht Paar Socken.
Sandra und Alex sind schon wieder auf dem Rückweg. Sie haben alles eingekauft. Alex' Bauch grummelt ziemlich. Er meint zu Sandra: „Hoffentlich können wir jetzt noch in ein Gasthaus gehen. Da wir nicht einmal das Frühstück genießen können, ist jetzt ein großes Schnitzel wohl mehr als notwendig." – „Da hast du vollkommen Recht. Auch ich verspüre den Hunger auf

einen Bollen Fleisch. Hoffentlich hat jemand unterwegs eine Wirtschaft gefunden."

Tanja ist überrascht, dass alle so ziemlich gleichzeitig zurückkommen und die Einkäufe sicher in der Kutsche verstauen. Als Alex nach einem Gasthaus fragt, schauen sich Daniel und Flo schmunzelnd an. Daniel erzählt vom Rathaus, in welchem der Bürgermeister gleichzeitig ein Wirtshaus betreut.

Das lässt sich Tanja nicht zweimal sagen und springt auf die Kutsche: „Worauf warten wir dann noch? Daniel, du kommst zu mir und zeigst mir den Weg." – „Jaja. Ich bin gleich oben. Wir haben doch Zeit." Daniel kraxelt rauf. „Nein, haben wir nicht", sagt Tanja leise zu ihm: „Elke und ich müssen dringend pinkeln." Daniel erinnert sich noch an die bösen Zaubersprüche, mit denen ihm Elke schon gedroht hat und sagt: „Ok, Tanja. Ich gebe mir mehr als Mühe. Vorhin war nicht viel los. Somit kannst du ruhig ein bisschen schneller durch die Straßen fahren."

Tanja gibt den Pferden leicht die Sporen und nach kurzer Zeit kommen sie auch schon am Rathausgasthaus an. Elke und Tanja flitzen schon rein, bevor die anderen überhaupt ausgestiegen sind.

Flo erklärt sich bereit, bei der Kutsche zu bleiben und schnappt sich etwas aus der Verpflegungsbox und die Weinflasche, die er in der Herberge gekauft hatte.

Als die anderen das große Gebäude betreten, sehen sie zwei Türen mit der Aufschrift *Rathaus* und *Wirtshaus* vor sich. Im Wirtshaus sind neben Tanja und Elke bereits mehrere Gäste anwesend. Nachdem die

Bedienung zwei Humpen Bier an einen anderen Tisch gebracht hat, kommt sie zur Gruppe. „Hi, ich bin Yvonne, die Kellnerin. Was kann ich euch bringen?" – „Hi. Ich bin Alex und hätte gern Bier und Fleisch." Yvonne lächelt: „Ok und was bekommt der Rest? Auch sowas in der Richtung?" Da von allen ein *Ja* zu hören ist, geht sie zurück in die Küche. Außer einem: „Peter, ich brauch' sechsmal *-Bolle Fleisch extrem-* für den einen Tisch da vorne", ist nichts weiter zu hören. Danach geht Yvonne an die Zapfanlage und schenkt nach und nach die Biere ein. Plötzlich geht die Schwingtür zur Küche auf und der Koch schaut zur Truppe rüber, die zu ihm leicht zuwinkt. Er sieht zu Yvonne: „Bist du sicher, dass die das schaffen werden? Ok, bei der großen Frau und dem Herrn mit den starken Muskeln verstehe ich es noch, aber beim Rest bezweifle ich es!" Yvonne zuckt mit den Schultern: „So haben sie es bestellt, Peter". Der Koch schüttelt den Kopf und geht mit den Worten: „Da bin ich mal gespannt" in die Küche zurück. Elke hat genau verstanden, was er gesagt hat, und erzählt es leise den anderen. Sandra haut leicht auf den Tisch: „Pah. Er wird schon sehen, was ich alles essen kann, nicht wahr, Alex?" – „So ist es, Sandra. Zur Not helfen wir euch damit. Außerdem können wir für Flo noch ein paar Reste einpacken."
Yvonne bringt nach und nach die Bierkrüge rüber und alle stoßen auf ihren möglichen Erfolg an. Jeder nimmt einen guten Schluck, ehe der Koch „Yvonne, du kannst gleich die Teller abholen" nach draußen ruft. Alex und Sandra sind schon sehr auf das Fleisch gespannt. Als

Yvonne die ersten Teller bringt und sie flugs auf den Tisch stellt, wünscht Elke per Telepathie *Guten Appetit in die Runde.*

Während Sandra und Alex die letzten Happen essen, schauen sie zum Rest hinüber. Die meisten sind gerade erst bei der Hälfte angelangt. Elke will schon resignieren: *Alex und Sandra. Wollt ihr noch was abhaben? Ich platze gleich.*

Alex geht mit seinem leeren Teller zu ihr. Während er die Teller tauscht, flüstert er ihr grinsend und leise ins Ohr: „Die ekelhaftesten Zaubersprüche hast du drauf, aber Aufessen schaffst du wohl nicht" und geht an seinen Platz zurück.

Als die meisten es mit Ach und Krach geschafft haben, schaut der Koch nochmal heraus und sieht die mehrfach gestapelten Teller bei Sandra und Alex. Jetzt will er es wissen und fragt die beiden, was sie jetzt alles gegessen hätten. Als ihm Sandra sagt, dass Alex und sie knapp zwei Teller geschafft haben, ist er positiv überrascht: „So viel hat bisher niemand geschafft. Ich hoffe, man sieht sich mal wieder, klopft auf den Tisch und verschwindet in die Küche. Yvonne kommt nochmals vorbei; als alles bezahlt ist, machen sie sich auf den Weg. Flo ist in der Kutsche eingeschlafen, wacht dann aber schnell auf. Silvi hat noch ein kleines Stück Fleisch für Flo aufgehoben und überreicht es ihm. Er isst es sofort gelüstig auf.

„Jetzt sollten wir uns auf den Weg machen", sagt Tanja. Es ist noch ein ganzes Stück. Wenn wir bei der Burg ankommen, ist es sicherlich schon dunkel." Tanja gibt den Pferden Befehl und die Reise zur Topasburg geht

zielstrebig weiter. Flo sitzt vorne neben Tanja und hält
die Zügel, während sie überall nach potenziellen
Gefahren Ausschau hält. Sie meint zu Flo: „Es ist ein
großer Vorteil für uns: Der König denkt niemals, dass
wir schon fast hinter seiner Burg sind. Bestimmt schickt
er seine ganze Brigade nach Edelheim und Umgebung."
– „Das Problem, liebe Tanja, ist, dass der eine Späher
den letzten Angriff überlebt hat und vielleicht erst nach
Edelheim oder gar direkt zur Topasburg geritten ist.
Aber vielleicht haben wir ja Glück und der Reiter hat es
doch nicht überlebt. Wir sollten Elke vorne sitzen
lassen. Sie kann mit ihrer Magie bestimmt weitersehen
als ich." Flo hält den Wagen kurz an und springt ab. Er
erklärt Elke, warum sie besser vorne sitzen solle. Sie
findet die Idee gut und setzt sich neben Tanja.

Gegen Abend wird die Kutsche langsamer und Elke gibt
via Telepathie durch: *Wir sind da. Da vorne kann man
schon die Spitzen der Topasburg sehen.*
Als alle nach und nach aus der Kutsche heraus die Burg
sehen können, ruft Flo nach vorne, dass sie nicht zu
nahe an die Rückseite der Burg fahren solle. Tanja gibt
ihm ein OK und hält bei einem kleinen Wäldchen an,
um die Kutsche zu verstecken. Die Pferde lässt sie frei,
damit sie nicht verhungern. Jeder nimmt sich noch
einen großen Happen von den gespendeten Vorräten
und Flo überprüft mit allen erneut Davids Karten. Flo
zeigt auf die markierten Punkte: „Ich bin dafür, dass wir
uns in der Burg aufteilen. So können wir diese blöde
Scheißkugel schneller ausfindig machen und sie
irgendwie zerstören." Elke schaut die Kreuze an und

tippt auf eines: „Hier vermute ich die Kugel. Wer geht mit wem wohin?" Nach einer langen Diskussion haben sich alle dafür entschieden, dass Sandra mit Silvi, Daniel mit Tanja und Flo und Alex mit Elke zusammen gehen. Jede Gruppe soll ein Kreuz aufsuchen. Jeder gibt jedem die Faust und alle wünschen sich viel Glück. Sie schnappen sich ihre Waffen, Lampen, Seile, Kerzen und Socken – es geht los. Zuerst steuern sie die Wasserkanäle der Burg an.

Als es wieder dunkel ist, sind alle bei den Kanälen angekommen. Jedes Team nimmt eine Lampe und eine Kerze, die Elke freundlicherweise dank ihrer Magie entzünden konnte. Sandra ist nicht froh darüber, dass die Kanäle nicht hoch gebaut sind, und schlägt sich gleich am Anfang den Kopf an. Alex kann ihr noch vor der großen Flucherei den Mund zu halten, aber Ausdrücke wie: „Verfickter Scheiß" oder „Leckt mich doch am Arsch" kann er trotzdem leise hören. Flo kann Alex' Lächeln durch die Lampen gut erkennen. An der ersten Kreuzung fragt Tanja nach dem Weg. Sie hält die eine Karte vor die Lampe: „Also, Flo. So wie ich das sehe, müssen wir rechts entlang. Nachher links und dann nochmals rechts. Wenn wir alles richtig machen, kommen wir in einem Duschraum im Keller raus." – Dann geht's weiter", sagt Elke und folgt den anderen bis zu den nächsten beiden Abzweigungen. Sandra hebt die Hand und alle machen Halt. Ganz leise spricht sie: „Hört ihr ganz leise die Stimmen über uns? Das muss der Duschraum sein." Elke kratzt sich am Kopf: „Wie kann man nur zu so später Stunde noch duschen?!?

Naja, egal. Wir müssen warten, bis alle aus dem Raum gegangen sind. Sobald oben das Licht aus ist, können wir das große Gitter am Ende des Gangs hoch und auf die Seite schieben." Alle stimmen zu und warten auf dem feuchten kalten Boden ab und hören währenddessen den Herren noch etwas zu, bis sie den Duschraum verlassen und das Licht erlöschen. „Endlich ist jetzt für längere Zeit Ruhe dort oben", sagt Sandra. „Komm', Alex. Hilf mir dabei, das Gitter wegzuschieben." Beide stellen sich unter das Gitter und heben es hoch. Zuerst klemmt es, aber nach einem rostigen Knarzen lässt es sich nach oben heben. Flo reagiert sofort und legt das dicke Seil unter die Stelle, an der sie das Gitter absetzen. Jetzt können sie es geräuschlos auf die Seite schieben. Sandra springt als Erste hinauf. Sie schließt leise die Duschtür und sieht Alex, wie er gerade nach oben kommt. Während die Waffen und alles Weitere mit nach oben gezogen wird, werden auch die anderen nach oben transportiert. Alle werfen einen weiteren Blick auf die Burgkarten, während Elke die Gesamtsituation abseits der Tür beobachtet. Tanja gibt jedem Team die passende Karte: „Daniel wird mit Silvi versuchen, den langen Gang rechts zu nehmen, während wir zwei Teams zuerst die Treppen nach oben nehmen. Sandra und ich gehen danach den Korridor rechts und das Team Flo geht die Treppe noch weiter nach oben. Elke meint ja, dass es dort am wahrscheinlichsten sein wird, die Kugel zu finden. Wir müssen einfach alles durchsuchen. Jetzt sind wir schon so weit gekommen und wir wollen schließlich nicht, dass alle umsonst war, oder?"

Elke geht vor und prüft mithilfe der Magie, ob Soldaten in der Nähe sind. Sie meldet einen, der langsam über den Gang des Korridors auf sie zukommt. Silvi reagiert sofort, huscht leise mit dem Säbel nach vorne und versteckt sich hinter einer großen Statue, die den König mit erhobener Hand zeigt. Die anderen bleiben schön hinter der Tür und hören nur, wie die Schritte immer näherkommen. Plötzlich hören: „Was zum...". Silvi hält mit der linken Hand seinen Mund zu, um mit dem Säbel zu besiegen. Sie hält den Mund weiterhin fest, damit nicht noch ein Hilfeschrei hervorkommt. Nach wenigen Sekunden lässt sie den Leichnam langsam zu Boden sinken und winkt die anderen zu sich, damit sie den toten Soldaten in den Duschraum tragen. Damit man das Blut nicht sofort sieht, löscht die Gruppe sämtliche Fackeln im Korridor. Alle ziehen sich die großen Socken über die Schuhe. Dadurch werden die Schritte noch leiser. Jeder macht sich jetzt auf den Weg.
Während Sandra und Silvi in ihrem Bereich bisher niemand hören, spürt Elke oberhalb der Treppe wieder drei Soldaten, die wohl an einem Tisch sitzen und Karten spielen. Tanja merkt an: So kann ich unmöglich die Treppe hochlaufen und mit meinem Bogen schießen. Was sollen wir tun?" Flo denkt nach und hat eine Idee: „Wie wäre es, wenn wir hier eine der Vasen zu Boden fallen lassen? Vielleicht kommt einer der Schergen nach unten, um nach dem Lärm zu schauen. Tanja soll sich etwas beiseite stellen, um einen Pfeil abzufeuern, während ich mich als schmaler Mensch hier verstecken kann und gegebenenfalls mit dem

Dolch einen weiteren erstechen kann." – „Soll ich einen Pfeil verzaubern, Flo?", fragt Elke. „Nein, nein, Elke. Du musst mit deiner Energie sparsam umgehen. Wir wissen nicht, was noch alles kommt. Löscht erstmal sämtliche Fackeln; dann werfe ich die Vase runter." Gesagt, getan. Als alle Fackeln bis auf eine gelöscht sind, stellt sich Tanja mit gespanntem Bogen bereit. Während sich Flo bei der Treppe versteckt, wirft Alex die Vase zu Boden und Elke passt auf die Reaktion von oben auf. Wie vermutet, hört man ein: „Was war das?" und: „Wir sollten mal nachschauen, was los ist." Sie vernehmen ein metallisches Klappern, das die Wendeltreppe herunterkommt.

Als beide Soldaten ankommen, fliegt Tanjas Pfeil genau zwischen die Augen des vorderen Angreifers. Als dieser wie ein Sack umfällt, stürmt der zweite mit einem Aufschrei auf Tanja, die vergebens versucht, einen Zweiten Pfeil anzulegen, zu. Als er mit seinem gezückten Kurzschwert direkt vor Tanja steht, tritt Alex aus dem Schatten hervor. Tanja lässt sich schnell auf den Boden fallen. Mit einem gekonnten Sprung schlägt Alex mit seiner Axt zu. Flo rennt zeitgleich nach oben. Bevor der dritte Soldat am Tisch auch nur so etwas wie: „Alarm" schreien kann, steckt ein Dolch mitten in seiner Brust. Er sackt sofort zusammen. Als auch die anderen nach oben gehen, spürt Elke zum Glück keine weitere Person in der Nähe. Oben angekommen trennen sich die beiden Teams: Flo, Alex und Elke gehen die Treppe weiter nach oben.

Daniel wirft erneut einen Blick auf die Karte und flüstert zu Silvi: „Wenn wir die Karte richtig lesen, muss da vorne der Raum mit der Zauberkugel sein." Beide gehen dank der Socken über den Schuhen sehr leise. Daniel hält sein Schwert angriffsbereit und fragt, ob sie die Tür behutsam oder schlagartig öffnen sollen. „Ich öffne sie leise, Daniel. Hoffentlich quietscht sie nicht zu sehr." Silvi nimmt den Türgriff in die Hand und die Tür bewegt sich leise nach innen. Als sie nach drinnen blicken, werden ihre Augen immer größer.

Im ersten Stock hält Tanja ihren Pfeil und Bogen fest in der Hand, während Sandra mit ihrem Schlagstock drei Schritte weiter vorne geht. Auch hier machen sich die Socken über den Schuhen bezahlt –jeder Schritt ist leiser als eine Fliege. „Hier ist es sehr still", flüstert Tanja. „Selbst mitten in der Nacht sollte doch so eine Burg besser bewacht sein." Sandra dreht sich um: „Jetzt mal' nicht den Teufel an die Wand. Vielleicht sind auch alle unterwegs, um uns zu suchen. Lass' uns einfach die blöde Zauberkugel finden und zerstören. So wie Gandulf gesagt hat, werden dann alle wieder normal und uns kann nichts mehr passieren." – „Na hoffentlich, Sandra. Sonst erleben wir den möglichen Sieg mit Sicherheit nicht mehr. Wo müssen wir jetzt eigentlich hin?" Tanja zeigt bei der nächsten Kreuzung nach rechts. „Davids Karte zeigt, dass wir am Ende des Korridors die letzte Tür links nehmen müssen. Mit viel Glück steht dort das Kugelding! Als sie die Tür erreichen, wird die Tür leise geöffnet. Sandra sieht im Dunkeln ein großes Gebilde am Boden stehen. Sie denkt nicht lange nach und schlägt mit voller Wucht dagegen, bis es in 1000 Stücke zerspringt. „Wir haben es geschafft", ruft Sandra in den Raum. „Endlich ist es vorbei!" Als Tanja mit der Kerze den Raum betritt, zeigt sie Sandra, was sie zerstört hat und lacht leise: „Super, Sandra. Du hast die Kloschüssel des Königs kaputt gemacht. Vielleicht stirbt er jetzt an Verstopfung oder so. Während sich Tanja vor lauter Lachen nicht mehr halten kann, wird sie von Sandra, die aus dem Fenster schaut, gestupst. Sie dreht ihren Kopf zum Fenster. Beide sehen, wie ein großer Lichtkegel von Soldaten Richtung Burg kommt. „Scheiße! Nichts wie weg. Ab in den zweiten Stock. Hoffentlich haben die drei da oben mehr Glück.

Daniel und Silvi sehen im Schlafraum etwa 20 Soldaten, die mit Schnarchen beschäftigt sind. „Ich glaube, wir sollten hier schnell weg, Daniel" und schupst ihn so blöd an, dass er sein Schwert fallen lässt. Mit einem lauten Knall fliegt es zu Boden. Plötzlich verstummt das Schnarchen und die Soldaten schauen in ihre Richtung. „Los, komm'. Hier ist keine Kugel. Schnapp dir dein Schwert und lass' uns in den zweiten Stock verschwinden."
Elke, Flo und Alex stehen nun vor dem großen Raum, in dem sich laut Karte die Zauberkugel befinden könne. Elke wundert sich, dass sie mit der Magie nicht sehen oder spüren kann, ob und wer sich darin befindet. „Es ist echt seltsam. Meine Magie funktioniert hier nicht. Als ob sie jemand blockiere." Sie testet den Kraftübertragungsspruch. „Echt seltsam. Dieser Spruch

funktioniert." Flo antwortet: „Vielleicht gehen nur die Sprüche, die niemand im Inneren des Raums betreffen." Alex öffnet vorsichtig die Tür. Man sieht in einem gigantisch großen Raum zuerst den König, dann einen starken Ritter und einen Zauberer neben der Zauberkugel sitzen. Als sie sich trauen, einzutreten, steht der König auf und die Tür knallt wie von Geisterhand zu. Der Ritter will mit seiner Axt auf Flo zu rennen, aber nach einem *Stopp* des Königs bleibt er einfach stehen. Der König steht auf und sagt: „Mein Glückwunsch. Ihr habt den langen Weg gemacht, aber jetzt ist eure Reise zu Ende. Ich weiß nicht, wie ihr es geschafft habt, aber das ist mir jetzt völlig egal. Während ich hier zusehen werde, wie der Ritter euch zerfleischt, werden eure Freunde direkt vor der Tür in Stücke gerissen. Sie müssen in ein paar Minuten da sein und hinter ihnen etwa 30 Soldaten. Das hat mir mein Zauberer gesagt." Er blickt zum Ritter; dieser stürmt auf Flo zu. Er weicht aus, aber sein Angriff geht gleich auf Alex weiter. Er kann den Angriff mit seiner Axt ganz knapp abwehren. Elke kann ihnen keine telepathischen Informationen geben, weil es der böse Zauberer auch hören würde.

Nach ein paar Minuten eines starken Schlagabtauschs hechelt Flo und sagt zu Alex und Elke: „Der Ritter hat eine ungewöhnlich starke Kraft. Das ist doch kein Mensch; er ist nicht von dieser Welt." Elke denkt nach, da sie von diesem Ritter bisher verschont geblieben ist. Jetzt fällt ihr etwas ein und sagt sich innerlich: *Aber natürlich. Der Zauberer gibt ihm die Energie, aber ich kann ihn ja nicht mit Magie angreifen. Elke, denk nach!*

Plötzlich rennt sie auf den Magier zu und umklammert ihn. Zuerst sind der Magier und der König etwas verdutzt, aber Elke nutzt den Kälteschutzzauber. Ihre Temperatur und alles um sie herum sinkt dermaßen ab, sodass sich auf ihrer Nase schon Eiszapfen bilden. Dem bösen Magier sieht man an, dass er damit überhaupt nicht gerechnet hat. Er versucht, sich zu wehren. Vergebens. Er konzentriert sich nur noch auf sich selbst. Dadurch vernachlässigt er die Kraftübertragung auf den Ritter sowie das Schließen der Tür. Alex und Flo merken, dass der Ritter plötzlich nicht mehr so stark ist und greifen ihn zusammen an. Er geht immer weiter in die Defensive und steht plötzlich in der Ecke. Besser geht es nicht für Alex und Flo. Flos Dolch rammt sich direkt in den Oberschenkel. Als der Ritter vor Schmerz leicht in die Hocke geht, schlägt Alex mit voller Kraft zu und seine Axt bleibt im Kopf des Ritters stecken. Er sackt sofort zusammen. Als Flo und Alex die Waffen aus dem leblosen Körper ziehen wollen, steht der König neben Flo und sticht ihm sein Kurzschwert direkt in den Hals. Flo bricht blutend zusammen. „Nein!", schreit Alex und geht sofort auf den König los. Mit einem kräftigen Tritt stürzt der König viele Meter rückwärts zu Boden und verliert dabei seine Waffe. Da die Magie der Tür erloschen ist, öffnet sie sich plötzlich und Tanja, Silvi, Daniel und Sandra treten ein, dicht gefolgt von vielen Soldaten. Alex schreit laut auf: „Schlagt alle auf diese beschissene Kristallkugel ein! Wir haben nur einen Versuch!"

Jeder hält seine Waffe bereit und alle schlagen zeitgleich auf die Kristallkugel ein. Die Kugel zerspringt und die Kristalle fallen zu Boden. Ein greller Blitz erhellt den Raum, sodass niemand mehr etwas sehen kann. Als das Licht wieder seine normale Helligkeit erreicht hat, reiben sich alle die Augen. Daniel sieht die Soldatengruppe vor sich und fackelt nicht lange. Er nimmt sein Schwert und stürmt auf die Schergen zu. Kurz bevor er bei ihnen ankommt, bleibt er stehen und lässt das Schwert sinken. Er sieht, dass alle Soldaten ihre Waffen einstecken und den Raum verlassen. Daniel kratzt sich am Kopf und geht achselzuckend zu Silvi. Alex steht vor dem König, der sich irritiert umschaut: „Wo bin ich? Was ist passiert?" Alex sieht ihn nicht mehr als Bedrohung an und reicht ihm die Hand, um ihn mit einem Ruck nach oben zu ziehen. Tanja und Sandra eilen zu Elke, die den bösen Magier fest vereist im Griff hält. Während Alex mit dem König über den Verlauf spricht, fragen sich alle gegenseitig nach Flo und Elke. Als Daniel die Frage hört, sieht er Flo am Boden und kniet sich schnell zu ihm. Zur selben Zeit ist Tanja nah bei Elke und kann nur ganz schwach ihren Atem hören. „Ich glaube, Elke kommt gerade wieder zu sich. Sie atmet und ihre Hand zittert. Der komische Magier scheint es zum Glück nicht geschafft zu haben. Er ist ein Eisblock geworden." Gebt mir eure Jacken und alles, was sie wärmen kann." Sandra sagt voller Freude: „Wir haben es geschafft. Uns kann eben niemand besiegen, oder?"

Alex schaut zu Daniel: „Was ist mit Flo? Er kommt doch durch, oder?" Daniel kniet weiterhin vor Flo, blickt zu den anderen und schüttelt mit geschlossenen Augen den Kopf. Ganz leise sagt er zu den anderen: „Es tut mir leid, aber Flo ist tot."

Plötzlich herrscht Totenstille und alle schauen tränenüberströmt zu Flo. Daniel legt seine Jacke über Flos Gesicht und steht auf. Elke kommt wieder zu Bewusstsein und fragt, was los sei. Sandra zeigt auf Flo. Elke flüstert: „Neeeiiin." Sie kniet sich zu Flo und ihre Tränen bedecken den halben Boden.
Da der König jetzt wieder ganz bei sich ist, geht er zur Truppe. Er erklärt allen, was passiert sei und dass dieser Magier die alleinige Schuld trage. „Erst hat er mich und dann alle Soldaten mit diesem Teufelsding verzaubert." Er senkt den Kopf und nimmt seine Krone in beide Hände. „Es tut mir alles so leid. Der Magier sagte damals zu mir, dass damit alles besser würde und niemand mehr leiden müsse. Ich war so naiv. Wieso hörte ich nur auf so jemanden?!" Er blickt zu Flo und dem Ritter und kniet sich zwischen die beiden. „Dadurch sind bestimmt viele ums Leben gekommen und ich bin schuld." Alex klopft ihm auf die Schulter: „Sie können ja nichts dafür, dass es so enden musste. Sie waren bisher immer ein guter König und das werden sie auch wieder werden." Dem König läuft eine Träne herunter, er steht wieder auf und sagt zu allen Kriegern: „Nennt mich bitte Hartmut. Ihr habt mir mein Leben und das Wohl des ganzen Landes zurückgegeben. Ihr werdet in meinem Land stets das erhalten, was ihr wollt." Der König kniet vor der gesamten Truppe nieder: „Was ist euer erster Wunsch? Er wird sofort

erfüllt." Alex sagt mit Tränen in den Augen: „Erweist Flo die letzte Ehre und beerdigt ihn an einem besonderen Ort, an dem ihn jeder sehen kann. Ich glaube, das ist unser aller Wunsch…"

Fortsetzung folgt

FSC
www.fsc.org

MIX

Papier aus ver-
antwortungsvollen
Quellen
Paper from
responsible sources

FSC® C105338